사이키, 사이키델릭

시와반시 기획시인선 026
사이키, 사이키델릭

펴낸날 | 2022년 12월 15일 초판 1쇄

지은이 | 김형술
펴낸이 | 강현국
펴낸곳 | 도서출판 시와반시

등록 | 2011년 10월 21일 등록(제25100-2011-000034호)
주소 | 대구광역시 수성구 지산로 14길 83, 101동 2408호
전화 | 053) 654-0027
전송 | 053) 622-0377
전자우편 | khguk92@hanmail.net

ISBN 978-89-8345-145-3   03810

*이 책 내용의 전부 또는 일부를 재사용하려면 반드시 저작권자와
  시와반시사 양측의 동의를 받아야 합니다.
*이 도서는 2022년도 한국문화예술위원회 아르코문학창작기금(발간지원)
사업에 선정되어 발간되었습니다.
*잘못 만들어진 책은 바꾸어 드립니다.

시와반시 기획시인선 025

사이키, 사이키델릭

김형술 시집

시와반시

| 차례 |

바깥

문을 열면 상자
귀퉁이가 허물어지고
더러운 발자국이 찍힌 상자의
문을 열면 의자
온몸에 강철가시를 돋운 채
비스듬히 돌아앉은 의자의
문을 열면 어머니
남몰래 누군가를 기다리다
어깨가 굽어버린 어두운 골목의
문을 열면 지옥
까마득한 낭떠러지 아래
헤아릴 수 없는,
한 번도 건너지 못한
들끓는 말들의
문을 열면 벽, 죽을 때까지
열고 또 열어야할

날마다 새롭게 태어나는
저 겹겹

지붕 위의 발코니

뚱뚱한 구름 하나 전선줄에 걸려있네. 전단지, 검은 비닐봉지 1회용 컵 따위 잔뜩 끌어안고

속삭이네. 여긴 안전하지 않아 도망칠 수 없어. 비행기를 타고 혹등고래에 매달리고 로켓에 실려 화성에 도착해도 숨을 곳은 없어 속삭이다 문득

내 소매 끝을 들어 주사 자국을 헤아리네. 몸을 가로지른 붉은 흉터 자국 옷자락을 걷어 오래 들여다보네. 죽음 같은 마취에서 깨어날 때 몸속 가득 일어서던 차가운 핏줄들, 섬망 흐드러진 시간들

지켜보고 있네. 구름은 말이 아니다. 나귀도 변기도 만년필도 아니다. 지붕 위에 잘못 올려진 의자, 바람이 잠시 몸을 기대는 발코니 같은 것

구름은 눈이지. 늘 마주쳐 지나치고 등 뒤에서 날아

오르지만 내가 보지도 알지도 못한 채 나를 지켜보는 투명한 권력자. 길을 가로막고 등을 떠밀고 넥타이를 당기며 나를 잡아끄는 절대자의 그림자.

너덜너덜 찢어진 더러운 구름 하나 천장에 매달려 있네. 늘 전등 빛을 가려 방안에 그늘을 드리우네. 다시는 돌아오지 못할 거야 속삭이며 날마다 뚱뚱하게 살이 쪄가네. 반듯하게 오래 접혀진 울음, 비명 줄줄이 껴안고도

제가 구름인 줄도 모르는 구름 한 덩이

붉은 거울

허물다 만 벽에 거울들 주렁주렁, 매달려 있다. 주인 없는 개들 몇 제 목청 비추다 갈 뿐 인적 드문 재개발지역의 거울, 누군가의 비문 없는 비석들. 읽히지 않는 문장들 거느려 비탈진 오후 천천히 걸어 내려올 때 혹등고래 떼 거울 속에서 날아 나오고 검은 비닐봉지들 펄럭이며 뒤따라오고

아주 깊은 생각에 잠긴 구름들, 사선으로 내려꽂히는 흰 햇빛들, 거울에서 달려 나와 앞을 가로막는다. 발을 건다. 굳이 버렸거나 외면했거나 온갖 변명으로 숨기고 묻어버린 시간들, 그 어떤 말로도 설명되지 않는 참담한 눈빛들이 꽃장식이거나 중세풍의 테두리, 아무 장식 없는 민거울 속에서 불쑥불쑥

일어나고 태어난다. 말로 또 발로 뛰어 구한 것들, 진실이라 기록하고 싶었던 것들, 절대언어라 변명하다 이제는 딱딱하게 굳어가는 혀 속 꿈틀거리는 질문

과 의문들, 뉘앙스뿐인 대답들, 묘비도 무덤도 없는
말들의 생애 일제히 눈앞에 펼쳐 보이겠다는 듯

　서쪽 하늘에 붉은, 불타는 거울들 주렁주렁 매달리
기 시작한다. 흑등고래 한 마리 일렁이는 거울들 속으
로 사라지고 산을 덮는 검은 비닐봉지들. 여전히 집을
찾지 못한 개들 컹컹 짖을 때마다 거울들 깨어진다.
쏟아지는 노래, 비명, 침묵들, 캄캄해진다.

신들의 문장

구름은

누군가 허공에 뿌린 씨앗이다. 여린 뿌리다. 발아하
는 새싹이자 잎, 꽃이다. 사람들은 때때로 구름 위에
앉아 쉰다. 잠깐, 아주 잠깐 앉을 수 있는 의자, 늘 어
디론가 달려가기만 하는

커다란 나무다. 금방 낙엽을 떨구고 금방 새싹을 틔
워 자라는 새들의 집, 밥이다. 숨죽인 한숨으로 손차
양을 하고 사람들이 올려다볼 때마다 흩어져 죽고 다
시 태어나는

신들이 허공에 써놓은 문장이다. 누군가는 읽고 누
군가는 지나치며 찰나와 영원을 건너간다.

지느러미

커다란 물고기 한 마리 머리 위를 지나갔다

물속이었고 눈을 뜬 채였으며
부드럽게 일렁이는 바닷속은 평온했고
수직으로 내려꽂히는 수천수만의 햇살은
눈부셨다

누군가가 내 이름을 부르는 듯도 했고
아무 기척 없는 부드러운 정적인 듯도 했고
까마득히 먼 곳에서
날 선 정과 망치로 바위를 깨는 듯
따악따악
긴 울림을 가진 소리들 천천히 물속을 달려와
귓속을 꿰뚫기도 했다

둥실둥실
지붕이 내려앉은 낡은 집 한 채

물속으로 떠내려왔다

아무도 찾아오지 않는 집
종일 문밖에 앉아있어도
누구도 만나지지 않는 긴 봄날
노오랗게 물든 골목길들이
꾸불텅꾸불텅 길게 또 적막하게
눈앞을 헤엄쳐 가고 헤엄쳐오곤 했다

그 집 앞, 그 문 앞에서
불러야 할 이름들은 수없이 많았으나

누구의 대답도 없고 아무 기척도 없이
장마는 오고 낡은 지붕은 자꾸만 무너지고
무너지는 마음 가까이 아무 인기척도 없어

돌담 끝에 달리아만 피멍처럼 피고

날카로운 꽃잎 근처로 어둠 우르르 몰려갈 때

머리 위로 커다란 물고기 한 마리가 지나갔다

꿈결인 듯 부드럽게 움직이던 저 투명한
등과 아가미, 꼬리의 지느러미
몸속의 뼈, 부레, 실핏줄을 끌고 가던

그 작은 몸짓 하나가
바람을 불러 물결을 흔들고
바다를 움직여 일으켜 세운다는 걸 까마득히
몰랐던 그 시간 한가운데를
유유히 가로지르며

부레

세상에 가벼운 물고기는 없다. 캄캄한 심해로 가라앉지 않으려, 물 위로 떠 올라 날짐승의 먹이가 되지 않으려 안간힘으로 버티는 중력과 부력 사이

숨쉬기. 숨 고르기가 물고기의 목숨이다. 깊은 물 속 큰 숨, 얕은 물 속 작은 숨, 참고 들이쉬고 내어 쉬고 참는 들숨 날숨 끝에 맺히는 물방울, 힘겨운 작은 숨결들 모여서 물결이 된다. 숨결과 물결이 만나는 자리마다 파도는 태어나 물이랑, 물마루로 일어서고

바닥을 기거나 물 위를 날아다니며 소용돌이 해류를 지나 물너울을 헤쳐가려면 더 큰 숨이 필요하다. 큰 한숨, 큰 탄식, 소리 나지 않는 비명과 삼킨 울음을 담을 그릇 하나쯤 누구나 몸속에 있다. 너무 크면 가라앉고 너무 작으면 떠오르고 마는 저마다의 숨겨둔 눈물 덩어리, 꽃다운 그릇들

세상에 가벼운 목숨은 없다. 모래언덕 아래 숨겨진 어두운 무덤 계곡을 지나 비로소 꽃이 되는 물고기들, 혼자이거나 여럿이거나 작은 숨 한 번에 끌려오는 큰 물결을 너그러운 지느러미로 받아준다. 크고 작은 흔들림이 쌓이고 쌓여서 태어나는 바다.

세상에 가벼운 바다는 없다.

시냇가의 집

　봄 시내 물소리 곁에 앉은 누이의 머리카락은 푸르렀네. 저녁 늦도록 살구나무 하얗게 꽃피우던 우물 속의 목소리는 한밤중 찰랑찰랑 물소리로 흘러 낡은 잡지 속에 접혀있던 여배우의 눈썹을 들창 너머 야윈 초승달로 걸어놓고

　달뜬 잠 속으로 발목 붉은 새 떼는 날아와 누이의 머리카락 속에 알을 낳곤 했네. 이따금씩 깨어지는 알 속에서 검은 길 한 자락 흘러나와 제 몸 위에 낯선 집 한 채 세우면, 어두운 길가의 흰 집을 흔들던 희미한 노래 소리, 살구꽃 점점 박혀있는 찬 새벽 여린 잠을 흔들어

　옥수수밭
　깊이 모를 하늘 위를 날아가는
　비새雨鳥의 그림자를 쫓던 누이의 아득한
　청맹

가을 시내 잠든 이마 가득 물이랑을 찍으며 마을을 떠나가는 바람은 황혼 등지고 앉은 지붕을 꽃빛으로 물들였네. 잔별이 뜨고 마을의 불빛 잠든 후에도 어둠 속에 선명히 찍혀있던 서늘히 붉은 시간의 발자국.

빈집 빈 마당에 서서 우물 속에 제 야윈 그림자 떨어뜨리면 살구나무 우우 어둠에 몸을 떨곤 했네. 마을을 떠돌던 모든 노래가 숨어들던 지붕, 세상으로 떠나는 모든 길들이 시작되던 대문. 찰랑찰랑 물소리로 별을 더듬던 눈먼 누이의 집

아무도 그 집을 허물지 못했네
누구도 그 집을 늙게 하진 못했네.

심해어의 눈

벽을 일으켜 세워 창문을 지우고 낮은 하늘 끌어 덮어 어둠을 가둔다. 겹겹 첩첩 두께를 알 수 없는 어둠 가운데 누우면 어둠은 희미한 들숨날숨마저 멈추고 지운다. 어떤 어둠은 무겁고 어떤 어둠은 가볍다. 어둠은 가벼움과 무거움이 빈틈없이 겹쳐 자라는 숲이다.

어둠은 견디는 게 아니라 끌어안는 것. 그러지 않고서야 끊임없이 무너져 쌓이는 시간을 어찌 감당하랴. 이름도 얼굴도 없이 밤과 낮의 경계를 허물며 드나드는 것들을 어떤 날은 꽃이라 부르고 어떤 날은 목숨이라 불러 손잡아 어루만진다. 처음부터 탯줄로 내 목에 감겨있던 것, 손닿지 않는 등 뒤 어딘가에 문신으로 새겨져 있던 것들, 누구나 쉽게 볼 수 있지만 한 번도 볼 수도 만질 수도 없던 나는 그저 낯설고 또 익숙한 동행이라 여겨 덤덤했던 것들을 새삼 마음 다잡아 헤아려본다. 마음, 마음이라니 마음이라는 게 있었던가. 천 개의 상처를 견딘 한 점 뼈로 천지간에 향기를 일으켜 세우는 침향, 그 날카로운 숨결에 베이고 베였어도 피 한 방울 꺼내지 못한 나날을 마음이라 부를 수 있을까. 곪아 무너질수록 깊이 출렁이는 우물 하나를 감춘 채 갈증에 쫓겨다니던 길의 끝은 늘 사막이었다. 황무지였고 집 없는 길의 한가운데

어둠은 늘 경전을 새긴 깃발로 서 있었다. 읽지도 이해하지도 못한 채 혼자서 펄럭이며 흩어지던 경전들. 어둠을 먹고 어둠으로 숨 쉬고 어둠으로 늪과 들판, 창문과 거울을 가늠하던 시간들은 이따금씩 물고기 한 마리를 보내왔다. 어둠을 제집으로 가져 거리낌 없이 어둠 속을 유영하다

뭍으로 떠올라 와서야 비로소 어둠의 무게를 벗어

던진 물고기 한 마리, 아무 표정도 읽혀지지 않는 눈
속 무한천공, 저 푸르디푸른 한 개의 우주.

유령들

네가 유령이 아니라는 증거를 한 가지만 말해, 보라
는 알람 시계 앙칼스러운 비명 못 들은 척 침대를 내
려서는 두 발은 오늘도 투명하다

집과 무덤 사이 발자국으로 앗겨버린
푸른 정맥을 가졌던 맨발

더듬더듬 벽을 헤집어 아침을 켜고 얼굴을 입는다.
세면대에 벗어놓은 눈 비비어 깨우고 개수대에 내팽
개쳐 헝클어진 머리 물 적셔 뒤집어쓰며 느릿느릿,
뱃속에서 혀를 꺼내어 닦고 담배를 피워 물며 발성
연습 흠흠.

물세례를 받고서야 비로소 살이 돋는 앙상한 뼈들
낯설어 웃어 줄 때, 번들거리는 꽃무늬 모자이크 타일
들이 읽어주는 오늘의 문장.

안녕하십니까

(피 묻은 날개 한 쌍이 늘 현관에 놓여있네)

그럼요 그렇지요

(일제히 조등을 내 건 나무들의 봄)

아니, 그게 그런 뜻이 아니라

(무덤 속엔 분홍빛 구름들이 가득했지요)

그렇군요. 죄송합니다.

(새들을 가득 싣고 중천역으로 떠나는 기차)

벽 속에서 일제히 유령들이 걸어 나와 거리를 메운
다. 구역질처럼 몸 밖으로 쏟아지려는 말들, 비단 줄
무늬 넥타이로 단단히 옭아맨 그림자들, 땅속으로 하
늘로 연기처럼 자욱하게 흘러가다 문득 멈추어 서서

너는 유령이냐,

나무들에게 묻고

너는 유령이었느냐

의자에게 묻지만

누구도 증거를 찾지 않는다. 그저 구름처럼 부유하기만 할 뿐 누구도 대답을 갖지 못한다. 유령이 아니라는 열두 개의 증거를 대지 못한다면 영원히 무덤을 갖지 못 하리라. 호주머니, 모자, 서류 가방 속에 채다 감추지 못한 저주의 문장들만 주렁주렁 매단 채.

의자 위의 모자

의자와 모자를 바꿨다

의자 하나를 갖기 위해
기꺼이 나는 모자를 선택했다

모자 속의 눈썹
모자 속의 이마

헝클어진 생각들에 모자를 씌운 후에야
의자 위에 앉을 수 있었다

모자 속에 눈부신 아침
모자 속에 불타는 구름
모자 속에 흰 사탕별들

모자는 머리를 조여왔다
모자는 어깨를 눌러왔다

점점 무거워지는 모자의 무게

나는 의자에게 생포 당했다

머리맡에 놓인 모자는
밤새도록 잠을 감시한다.
모자 속에서 기어 나온 포승줄이
숨 막히게 허리를 졸라맨다.

모자는 머리카락처럼
머리 속에 뿌리를 내리며 자라났다
우스꽝스런 모자를 쓴 사람 하나가
날마다 거울 밖으로 걸어 나갔다.

의자 하나를 갖기 위해
기꺼이 나는 모자를 골랐지만
의자는 점점 작아졌다.

거대한 의자처럼

세상 여기저기 함부로 놓여지는 모자

니노카스텔누우보

언제부턴가 불쑥

어느 나라 말인지 무슨 뜻인지, 왜 내 입 속에 살다 문득 걸어 나오는지 전혀 모르는 채 나는 중얼거리네. 아무 의미도 마음도 없이. 그저 이따금씩 새로 생긴 버릇처럼

니노카스텔누우보 니노 카스텔누우보,

어디서 온 구름일까. 분화구. 늙은 새를 무덤으로 불러 내리는 주문인가. 꽃말일까 저주일까. 아주 잠깐 생각하다 또 까무룩 잊어버리지만

니·노·카스텔누우보, 니노카스텔 누·우·보,

혼잣말을 할 때마다 낯선 시간들이 찾아오네. 멀고 이상하고 낯설디낯선 우주 하나 아득하게 몸을 들

어 올리네

　들판을 가로질러 흐르는 니노, 봄 시내,
　죽은 나무 가지에 매달린 카스텔, 긴 붉은 천
　휘청휘청 어두운 골목길을 떠나가는 달, 누우보

　어디서 왔는지, 언제부터 내가 제 몸이었는지, 물
어볼 수도 물어보고 싶지도 않은 한마디의 말 때문
에 길을 잃네. 누구냐 나는, 내가 아는 사람인지 이
방인인지

　청보리밭 흔드는 바람의 발자국
　붉은 천에 목매단 사람의 검푸른 맨발
　보이네 떠나 다시 돌아오지 않아
　꿈인지 생시인지 얼굴조차 흐릿한 식구의 모습으
로

니노카스텔누우보니노카스텔누우보

일어서는 기이한 시간들
죽어있던 찰나들의 나지막한 숨소리

봄, 허겁지겁

늙은 벚꽃 나무 아래 앉은
저 여자 허겁지겁 국수를 먹네
나는 그저 국수 그릇에 소주나 한잔
또 한 사발

막사발 속에 봄 햇살 잠시 머물다
날아올라서 펑
벚꽃을 피워 올리네 펑펑

마른 저수지에 물 차오르듯
솟아오르는 어떤 목메임이
꽃이 될 수 있다면
이 햇빛 그대로 멈추어
화석이 될 수 있다면

아무 생각 없이 햇빛 속에 앉아
햇빛을 퍼마시네

햇빛의 도수를 모른 죄로
펑펑 취해가는 한낮

평상 아래로 떨어지는
검은색 가죽가방 아랑곳없이
목을 넘어가는 여자의 국수가락
흔들리는 귀걸이

따라 배가 부르네
마셔도 아무것도 채워지지 않는데
그득그득 배가 불러오네

이제 끝물이 되어가는 봄
뱃속 가득 들어앉겠네

세익스피어 헤어스타일

우리 집에 마녀가 산다. 시도 때도 없이 귓가에 바람을 불어넣는, 형체도 그림자도 없는 속삭임을 가진, 마녀가 있다. 등 뒤, 트렁크 속, 더러 천정에 매달려 노래하고 명령하고 회유하고 고함치며 나타났다 사라지는 헛것과 실체, 실체가 아닌 헛것이 쏟아내는 노래 아니 예언

(만세! 만세! 만세! 장차 왕이 되실 분)*

마녀는 어머니처럼 다정하다
누이처럼 가만가만 등을 쓰다듬는다
움직이지 마라
경거망동을 삼가라
늙어 리어왕이 되고 싶으냐

로미오를 죽이고 줄리엣을 지나친
한여름 밤의 꿈은 아직 선명한데

맥베드, 맥베스, 나는 왕이 아니다

내 이름은 불안, 상투적인 반성
가슴을 치고 머리를 쥐어뜯고 중얼중얼 혼잣말을
하다
돌아서서 겨우 정색을 하는

넥타이, 구두, 지갑이 내 얼굴
지위, 야망, 권력의 전부

세상의 시계 속에 마녀가 산다. 나의 왕, 나의 주인,
확신에 찬 영도자. 온화한 미소로 커피잔을 든다. 술
잔 속에서 농염하게 일어선다. 늦은 저녁의 황홀한
세뇌로 달은 지고 눈은 감기고 지하철은 용틀임의 몸
짓으로 달려온다. 만세! 만세! 만만세! 장차 왕이 되
실 분. 마지막 지하철 가득 셰익스피어의 분신들, 불
쾌하게 번쩍이는 넓은 이마들, 아름다운 마녀의 늙고
젊은 충복들.

* 맥베드

나는 쥐

저것은 꽃이다, 생각하는 순간
쥐는 온다

모자와 칼날을 향해, 눈을 크게 뜰 때
쥐는 난다 날아서 눈앞을
가로막는다
목울대를 움켜잡는다

한시도 쉬지 않고 눈알을 굴리며
이리저리 사방팔방 곁을 살피며
번식에 번식을 거듭하는
저 간교한 눈빛들

이것은 의자가 아니다
목에 칼이 들어와도 아닌 건 아닌 것
어금니를 깨물고 주먹을 쥐는 순간

딴지를 걸어 넘어뜨리며
꼬리, 목덜미를 깨무는
악취 나는 이빨

쥐가 올 때마다 숲은 스러지고
쥐가 날 때마다 울울창창
일어서는 구름

침대 아래 들끓는
가방 속 호주머니 속 쉴 틈 없이 들락거리는
쥐들을 사육하는

쥐의 집, 나
쥐 떼의 왕

나와 바나나 나무

긴 꽃대 꼬리인 양 늘어뜨린 채
주렁주렁 바나나를 매다는 일만이
바나나 나무의 의무는 아니다

날아갈 듯 펼친 커다란 잎들
갈기갈기 찢어버리고 비닐하우스
폭염과 폭우의 청순한 정글에서
나와, 바나나 나무

터덜터덜 저자거리를 걸어
툰드라 빙벽 아래 꽃을 버리고

우레 쏟아지는 골목 처마 밑
녹슨 거울 앞에 우두커니 서서
질주하는 시간들 불러 세우다

죽어 비로소 산 자들

산채로 죽어있는 목숨들을 매달고

밤마다 침대 머리맡에 서 있는
터덜터덜 출근길 대로변을 걸어가는

걷고 걷지만 아무 곳에도 가닿지 못하는

바나나 나무와 나 사이
나와 바나나 나무 사이

너무 짧고 먼 거리

세상의 모든 바나나

녹슬어 버린 목련 꽃잎을 밟고
골목길 끝까지 미끄러질 때
미끄러지고 미끄러져서야 비로소
아무렇지 않게 툭툭 털고 일어서는
봄 저녁

내가 아무렇게나 던져버린 바나나껍질에
별들은 미끄러지네

천국에서 지옥까지
크게 한 입 베어 물고 쉽게 삼킨
흰 몸뚱이들이 먹여 살린

한 점의 핏방울 방울 한 봉지
한 줌의 살, 물컹한 고깃덩어리
자루처럼 주렁주렁 매단 몸
출렁 허공으로 던져버릴 때

침대 아래 썩어가는 바나나 껍질들
내가 함부로 버린 몸, 목숨들
방 안 가득 번져가는 갈색 반점들

꽃을 버리고 몸을 버리고
세상 끝까지 바나나는 날아가네
사원과 호텔과 감옥과 노점을 향해
바퀴와 날개와 비늘, 바늘을 달고

제가 누군지 무엇인지
언어인지 숫자인지 인어인지 거품인지
아는 채 모르는 채 더러 아무 상관도 없이

발아래, 머리 위를 휙휙 날아가는
자라나는, 폭식하는, 미끄러지는
세상 모든 바나나의 저녁

물컹하고 달콤하게

썩어가는 어둠, 문드러지네

춤추는 벼랑

저 늙은 산벚나무는 평생을
바닷가 벼랑 끝에 서서 살았으니
벼랑이 집이고 길

바다를 건너와 끊임없이 당도하는
물결을 향해 쉼 없이 몸을 던지는
바람들 사이

혼신으로 벼랑을 붙든 채
흔들림을 감추고 감추었으나
흔들려도 결코 깨어지지 않고
잠드는 법이 없는

눈앞의 바다는 거울

벼랑 아래 물너울
벼랑 위 달의 심장을 가늠하며

잎을 피우고 떨구다
더러 산가지를 바쳐야 했던

바다는 발아래 무덤인데

저 늙은 산벚나무 한 그루
거룩한 제의인 양
올봄에도 잊지 않고 제 몸 풀어 헤치네

옹이 속 깊숙이 숨기고 숨겼던
시린 뼈의 말, 뜨거운
살의 언어

거울 쪽으로 무덤 쪽으로
아낌없이 풀어 흩뿌리네

날아가는 희디흰

나비 떼 무리를 따라 우쭐우쭐

춤추는 벼랑 가득히

어둠이 딸깍

긴 한숨을 담배처럼 피워 문 채
어둠 속에 한참을 앉아있었는데
누가 딸깍 스위치를 올렸나
문득 환해지는 어둠

눈 시린 금잔화 무리 적막을 박차고
일어서는 낡은 시외버스 정류장
콘크리트 벤치
버스는 언제 오려나 오지
않는 건 아닐까

불안과 두려움으로 오래
어둠을 쏘아보았을 뿐인데
꽃들이 깜빡, 산들이 끔뻑
눈앞으로 걸어와 앉네

언제부터 거기 있었나

무얼 그리 혼자 많이 삼킨 채

말을 거는 어둠은 겹겹 그물
촘촘 작은 코를 가진 거대한
그물 속, 그물 너머
숨어있는 목숨들, 향기들을 이제야

느닷없이 딸꾹질이 딸꾹
그 많은 죄를 훔치고도 않던 짓
꽃들이 올려다보는데
산이 어깨를 짚고 있는데

중얼중얼
부끄러운 혼잣말은 새어 나오고

하하하

냉장실 한구석에 처박힌
쪼글쪼글한 감자 한 알을 위해

저 늙은 냉장고는 그렇게
남몰래 밤낮없이 골골거렸나

사방 얼음벽에 갇혀
혹독하게 제 육신 줄여가며
웅크려 한 계절을 온전히 견디고 숨겨온
한 점 감자의 씨눈에서

기어코 시퍼런 목숨 한줄기
피워내고야 마는
군데군데 붉은 녹 꺼실하게 핀
냉장고는 쉽사리 잠들지도 않네

제 몸속 화안하게 불 밝혀

감자, 양파, 당근, 고구마
자식인 듯 손주인 듯 끌어안고 있는지

가르르 그르르 가쁜 숨소리
온 밤 내 잠 속으로 쏟아붓네

흰 감자꽃, 양파꽃
푸른 무청 지천인 들판 하나 일어서네
보랏빛 고구마 순 창문을 열고
세상 속 울울창창 벋어가는 사이
그 사이

그저 무심하고 낮게
하하하
어머니 웃음소리 다녀가시네

황야의 묘비

　앞서 걷던 일행들을 놓쳤다. 하나둘 놓친 배낭들 모두 내 어깨로 와 매달리고 뒤처져 혼자가 된 이에게 비로소 황야는 제 얼굴을 드러낸다. 키 작은 관목들 띄엄띄엄 흐린 하늘 떠메고 선 광활한 자갈 모래땅, 가로질러 하늘 내려앉는 곳 향해 뻗은, 흐릿한

　길은 완강하게 사람을 뿌리친다. 낮고 높은 언덕 끊임없이 눈앞으로 밀어 보내며 쉬운 걸음을 허락하지 않는다. 멈춰 서서 잠시 마른 숨 고를 때 낯선 땅, 거친 시간을 건너가는 남루를 붙드는

　굽은 나뭇가지로 엮은 십자가를 붙든 돌무더기 하나. 거기 칼로 새긴 이름 혹은 묘비명. 내가 읽을 수 없고 뜻을 알 수 없는 저 비뚤비뚤한

　문자는 그림
　기호는 구름
　뱀처럼 숨었다 먼지로 흩날리며

빗방울로 목숨을 적시고 발자국을 지우는

말
하나로 태어난 몸
말 두 개로 이루어진 가슴
열 개 백 개 천 개의 말로 지었다
홀로 허물어져 가는 생애의 표지판

땅이 삼킨 모든 발자국이 이름
바람이 지운 모든 시간들이 묘비명
들릴 듯 안 들릴 듯 속삭이며 천지를 붉게 물들였다
한순간에 지우는 황혼을 건너

무리를 꿈꾸지 않고 무리를 벗어나
의자와 지붕을 지나쳐 그저 툰드라를 걷는
누구도 기억하지 않는 시간 속의 말
말들의 시간

푸른 양 한 마리

춤을 추듯 가볍게 바위 절벽을 뛰어오르고 한 점 망설임 없이 폭설을 가로지른다. 허공에서 자고 허공에서 꿈꾸고 허공에서 맞는 날카로운 새벽, 두려움으로는 허공을 건널 수 없다. 절박한 목숨만이 허공을 건너는 건 아니다. 그저 평온한 무심 하나로 허공에 단단한 계단을 내며

인사를 하듯 경전을 외듯 푸른 양 한 마리 바위 절벽에서 뛰어내린다. 둥글게 말린 뿔로 허공을 들이받는다. 발자국을 품지 않는 허공, 절벽 위의 거처를 숨겨주는 허공을 강철 뿔 강철 발굽 가뿐하게 디뎌 지상에 내려앉는다. 이토록 남루한 지상의 양식으로 천년 시간의 허기를 거둔다, 설산이 찬 아침을 데려와 석양이 붉은 산을 데려갈 때

티벳 푸른 양 한 마리 벽 속에서 뛰어내린다. 머리맡에 쌓인 첩첩 벽들 가로지른다. 두려움으로 솟아오

른 침대에 웅크린 둥근 잠들 들이받으며 침대 위 겹
겹 어둠, 침대 아래 천 길 허공을 달린다. 밤은 깊고 무
겁고 혼곤하다. 이토록 초라한 지상의 목숨들 깨우는
푸른 양 한 마리 또 한 마리, 커튼에 불붙은 새벽 푸르
게 불타오를 때까지.

무릎을 꿇다

키 작은 나무 아래를 지나기 위해서는
허리를 굽혀야 한다고

누가 알려준 것도 아닌데
사람들은 기꺼이 허리를 숙여
나무에게 인사를 한다

부전시장 입구 대로변
천진하게 축축 가지를 늘어뜨린
어린 홰나무의 안부를 지나

몇 발짝 더 가면 조그만 꽃 노점

한 송이 꽃을 만나기 위해서
무릎을 꿇어야 한다고 누가
알려준 것처럼

사람들 모두 기쁘게 무릎을 꿇는다

접은 허리, 꿇은 무릎에서야 비로소
아름다운 말들이 가슴을 열고
걸어 나와

더 낮고 깊은 오체투지가
키 작은 꽃의 눈을 들여다본다

향기로운 목숨의 내음까지

꽃그늘에서 중얼거리다

봄이 오면 부끄럽다

누가 덜미를 잡거나
멱살잡이를 하거나
호통으로 뒤통수를 후려갈기며
약속을 강요하지 않았어도

늘 생각을 앞질러 가
길 위에서 먼저 기다리고 있는
꽃나무들 때문

지키지 못한 약속들
겹겹 변명으로 두터워진 얼굴 앞에
화안한 거울 하나 턱, 들이대며
가만가만 등짝을 쓸어주는 흰 손바닥

그게 더 부끄러워서

백 대의 회초리보다
천 마디 준엄한 설교보다
등골 마디마디 서늘하게 식히는

한 잎 한 송이 한 무더기 백열등
켠 듯 화안한 한낮
남루 속 굽은 그림자들 비로소
등뼈 꼿꼿이 세우고 일어서지만

용서하지 말아라
해가 갈수록 나태를 겹쳐 입는
이 비루한 습성

네 푸른 향기로 덮어주진 말아라

헛된 변명과 반성으로 늙어가다
마침내 잊어버리고 말 목숨들의
악취 나는 한숨 따위는

숨어 있다

마을회관 앞 공터 장미 덤불 속에 숨은 개는 나올 생각이 전혀 없는 듯 해. 조그만 기척에도 자지러지게 비명을 질러대며 잔뜩 몸을 웅크리고 있는 중이야. 날카로운 이빨 사이로 쉼 없이 흘러내리는 끈적한 침의 악취 어슬렁, 어슬렁 온 동네를 돌아다니고 꽃 근처엔 누구도 얼씬 않는데

장미나무 저 혼자 무장 무장 꽃을 피워대고 있어. 꽃 덤불 키가 높아질수록, 꽃더미 흐드러지게 붉어질수록 꽃그늘에 숨은 으르렁거림은 점점 더 커져가. 집을 나온 저 어린 개는 하필이면 장미, 하필이면 가시 덤불 아래 숨어서 먹지도 자지도 않고 누구에게도 곁을 주지 않은 채

쉰 목청, 붉은 눈, 맹렬한 적의로 이빨을 세우나. 너를 쫓아가고야 말겠다. 쫓고 또 쫓고 세상 끝까지 쫓아가 종아리를 물고 어깨를 물고 허공을 솟구쳐 새 떼

를 물고 구름을 끌어내리고야 말겠다는 듯 밤낮없이

울어대기만 해. 아물어가던 상처가 다시 욱신거려. 희미해지던 수술 자국이 선명하게 붉은 칼자국으로 일어서기 시작해. 몸속 깊은 곳에서 차오르는, 혼신으로 고통을 참는 자의 비명소리가 온 하루를 들쑤셔. 귀를 막아도 소용없어. 눈앞에서 등 뒤에서 금방이라도 뛰쳐나올 듯 으르렁거리며 번득이는 붉은 눈들.

세상 모든 꽃그늘 속에 숨어있어.

무거워

날마다 올가미를 낳는 천장을 갖고 있어. 잠들기 전기꺼이 날아올라 그 올가미에 목을 매곤 했지. 목을 매달고 또 매달고 올가미를 자르고 또 잘라도 새롭고 힘센 올가미는 날마다 태어나곤 했어. 도망칠 수 없었지. 잠이 드는 일이란 새로 생긴 올가미에 낡은 목을 집어넣는 일, 아침이란 늘 목에 남아있는 선명한 올가미의 흔적을 확인하는 일. 올가미에 목을 매달기 위해, 올가미에서 가까스로 내려오기 위해 저물고 밝아오는 저녁과 아침 여전히 지리멸렬한 채로

여전히 밧줄 올가미를 내려 보내는 천장 하나를 갖고 있어. 무겁게 회전하는 별자리, 시든 꽃잎들 지상으로 와르르 쏟아붓고 비수 같은 별 무리 툭툭 가슴팍으로 떨어뜨리는 오래된 천장. 누가 부르지 않아도 누가 등 떠밀지 않아도 책임이자 의무인 양 그저 일어나 부끄러운 하루를 실토하며 스스로 올가미에 목을 들이밀지만 요즘은 자주 천장에서 떨어지곤 해. 올가미

는 날마다 튼튼해지고 천장은 더더욱 완강해지지만

  나는 더 자주 나에게서 멀어져 가. 의자와 신발과 창문과 침대는 날이 갈수록 천장으로부터 달아나고 있어. 늙지도 무뎌지지도 않는 하루가 점점 더 무거워지고 있어. 누가 내 잠에 납덩이를 달기 시작한 게 분명해.

고개를 드는 방식

흰 갈대꽃 너머 그 노인
표지판 곁에 앉아

듬성듬성 센 머리카락 바람에 맡기는
신새벽과 황혼의

강폭은 40미터, 강심 6미터

겹겹 깊고 검푸른 주름
제 스스로 제 얼굴에 새기는

강물과 바람 사이 낮은 허공
노인의 시선이 붙박인 거기

놓지 말아야 할 어떤 시간
읽어도 읽어도 페이지가 줄지 않는
세상에서 가장 큰 한 권의 책

펼쳐져 있는지

바삐, 느릿느릿 강가를 오가는
사람들 이만큼의 거리로 밀어내며
붙박인 듯 앉은

노인의 굽은 어깨와
가을 내내 일어서는 갈대꽃

사이 빈틈을 메우는
비오리 떼 울음, 그림자
아랑곳 않는

저 노인
하루 온종일

늪 속의 눈

저는 집이 필요하지 않습니다.
제겐 집이 거추장스럽습니다

울타리를 치고 벽을 쌓고
지붕을 올려 마련하는 한 칸 거처에
평생을 바치는 일은 제 것이 아닙니다

천둥번개가 불러내서 어슬렁
비바람이 손 내밀어 어슬렁
두꺼비는 늪 속에서 기어 나옵니다.

저잣거리에서 늪
늪에서 저잣거리까지 폭주하는
시간의 발자국

무덤덤 읽고
무덤무덤 되새겨

가다서다 눈 끔뻑 귀 끔뻑
꽃 한 송이 대면하는

저 두꺼비 일가에겐
아무도 걷지 않은 늪을 주시고
제겐 악마구리 들끓는
저잣거리를 주십시오

적요한 늪 속에서 이따금씩
믈방울로 솟아오르는
두꺼비의 묵직한 묵언 쪽으로
열린 귀 하나면 충분하겠습니다.

바다로 지은 집

바다 한쪽을 뚝 떼어내어
집을 짓겠다

사각 반듯한 직육면체로 바다를 퍼내어
한두 평 아니 딱 세 평
내 몸 하나 앉고 누울 자리만큼
작고 낮지만

늘 걷고 달리고 춤추며
휘파람을 불고
우레같은 고함으로 세상을 깨우며
살아 숨 쉬며

출렁이는 벽
출렁이는 지붕
제 속이 투명하게 들여다보일 듯
안 보이는 방 한 칸을 가진
집

우르르 와르르 별들 쏟아져 내려
안보일 듯 다 보이는
그 방안에

해초, 물고기, 야광충으로 살며
더러 벽 밖으로 몸을 내밀어
허공을 걷는 맨발들 헤아려가며

끊임없이 흔들리기를
멈추지 않아
점점 더 홀로 깊어져

한 채의 바다를 제 안에 가두어
무너지지 않는 집

언제라도 몸을 허물어
바다로 되돌아가는 집

괜찮아

친구를 만났어. 중학교 이후 한 번도 만난 적 없는 친구는 잠시 어디 다녀온다고 자기 누나 집에서 기다려달라고 했어. 길가의 더러운 동물들, 온갖 벌레들을 피해서 겨우 도착한 누나네 집은 까마득히 높은 계단 위에 있었어. 어지러운 원형계단을 돌고 돌아 겨우 도착하니 너 하나도 안 변했구나, 친구 누나는 웃어줬지만 너 눈빛이 왜 그렇게 변했니? 하는 표정이었어 거기 친구 하나가 더 와 있었는데 얼굴이 백지장이야. 너 얼굴이 왜 그러냐 물었더니 마약 장사를 한대. 마약을 많이 맛보다가 그렇게 됐다고 제 아들을 보여주더라. 계단 위 친구 누나의 집은 작은 바람에도 심하게 흔들려서 금방이라도 떨어질 것 같았어. 겁에 질려서 힘들게 계단을 내려가는데, 앞서 내려가는 다리가 불편한 친구 아들은 한사코 도움을 거부하다 기어코 계단 아래로 떨어지고 말았어. 내가 손을 뻗었어도 닿지는 않았지만 다행히 지나가는 차에 깔리지는 않았네. 친구와 친구 아들과 나는 그냥 길을 나섰어. 길가에 연못이 있었는데 물이 있는지도 모를 만큼 투명해서 헤엄치는 물고기들 지느러미 움직임을 다 볼 수가 있었어. 물고기 나이와 물고기 날개에 정신을 뺏긴 사이 연못가엔 나뿐이었어. 여기 왜 왔는지도 모른 채 연못에 마음을 풍덩 빠뜨려 두었지만

괜찮아 오늘은 아무도 추락하지 않았고 아무 집도 무너지지 않았고 아무도 무덤에서 일어서지 않았으니 다행이지, 다행이야…… 생각하면서 웃었어 한밤중에 자다 일어나 혼자 웃어본 건 정말 오랜만이야.

한밤중에 눈이 내리네

바람 멈추고 어둠을 불러 세우고
아득한 시간 저쪽에서
흰 물고기 떼 날아오네

꽁꽁 언 별들 비껴선 자리
예고도 없이
층층 겹겹 고요를 건너

먹먹한 귀속으로 들리는 노랫소리

길, 수렁, 거울, 폐허
뒤척이는 처마 밑 가리지 않고
거기가 원래 제자리였다는 듯
스스럼없이 도착하네
앉거나 눕네

아무 원망도 저항도 없는
저 부드러운 무질서의 질서

혀를 거두고
제 몸의 빛깔을 지우고
비늘, 지느러미, 딱딱한 뼈를 버린
흰 살점, 가벼운 몸뚱아리들

밤의 무게를 들어 올리네

싱싱한 물 냄새를 풍기는
신성한 무덤들이
쿵쿵 가슴 두드리는 적막 묘비 삼아
세상 가득 일어서네

나는 없고 노래만
너는 없고
너무 많은 물고기 떼만

나무병원

나무들이 사라지기 시작했다

거실의 실내목, 은행나무 가로수
분홍빛 달로 떠오르던 숲속
산벚나무들

나무병원에 갔다
의사는 이미 나무들을 찾아 떠나버린 지
오래였다

나무그림자 하나 없는 집집마다
미친 바람들이 창문을 향해
제 머리를 들이박았다

피투성이 물너울을 높이 채운 바다가
나무를 쫓아 떠나버린
지상의 골목마다
죽은 나무의 이름 은밀히

거래하는 나무시장이 창궐하기 시작했다

나무를 한 그루 샀다
나무 한 그루의 이름을 샀다

밤마다 어둠 속을 떠다니는
나무의 환영
나무의 비명소리

숲을 벗어나 홀로 세상을 떠도는
날카로운 나무 한 그루

내 머릿속에
가슴 속에 울울창창 자라
뿌리를 내린다

깊어간다

워낭소리

너를 잃어버리고
내 어린 하늘은 자주 무너졌다
온 식구가 찾아 나서고
온 마을이 찾아 나서던 너는
어두운 숲 가운데 묵상으로 서 있거나
낯선 집 외양간에 매여 우렁우렁 울거나
억수장마 흐드러진 저녁
스스로 고삐를 끌며 산을 넘고
등 굽은 들길 혼자 오래 걸어
지쳐 잠든 사람들의 한숨 속으로
돌아오곤 했다
시간에 밀리고 시절에 밀쳐져
더러 잊혀지고 지워진
네 우직한 걸음, 발자국
어느 혼곤한 새벽 등걸잠을 깨우며
뚜벅뚜벅 걸어 내게로 온다
어제 잠시 길을 잃고 헤매다

지금 돌아온다는 듯 무심한

세상에서 가장 아름다운,

순한 눈

쩔렁쩔렁 선명한 워낭소리로

김철익

그가 정말 강철날개鐵翼를 가졌는지
본 적도 없고

걷다 남몰래 걸음 멈추고
구름의 눈으로 시간을 바라보는지
전혀 나는 알지 못하지만

내 생각엔 왠지 그가
시인의 눈과 귀와 심장을
가졌으리라는 것

시중에 넘쳐나는 시인들보다
더 시인다운 가슴 같은 것

시인다운 게 뭐냐
시는 또 뭐냐, 라고 묻는다면
나는 그만 말문이 턱 막히겠지만

어쩌면 그는 날마다
하루의 가장 깊은 시간에 홀로 깨어
숨겼던 크고 무거운 날개를
펼쳐 견디며 오래 서 있는
연습을 하는 지도

모를 일, 그러니 그리 가볍게
작은 바람에도 쉽게 휩쓸려가는
가벼운 세상 한가운데를
흔들리지 않는 중심으로
묵묵 평생 걸어왔는지도

그래서 그의 이름이 철익인지도

그 나무는 늘 강가에 서 있다

두려움을 딛고 가까스로
지상에서 가장 낮은 지붕 위에
올랐을 때

지붕 위에 앉아
어둡디어두운 독서를 시작했을 때
멀리 서 있는 그 나무를 보았네

흩날리는 언어들
흔들리는 문장들 지켜 주는
지붕보다 낮고 담장보다 높은

그 나무 가까이
한 번도 가보지는 못했지만

골목마다 굽이쳐 흘러가는 강물
출렁출렁 마른 처마 끝 적셔오는
깊은 물소리 들었네

가지마다 잘 닦은 거울을 매단 채
지상과 허공 사이 목숨들을 비추는
겨울나무 한 그루

물속으로 벋는 흰 뿌리들 보았네

여전히 낡은 지붕 위에 서서
불안한 맨발 가누는 이른 새벽

아직 눈뜨지 못한 언어들을 깨우러
저벅저벅 강가로 걷는
나무 발자국 소리를 듣네

시린 꽃, 아침 물고기, 바람 그림자, 그늘

노래처럼 오래, 오래 듣겠네

겨울나무의 눈

느닷없는 섬광에 하늘이 깨어졌다
하늘이 쏟아지기 시작했다

얼음폭풍이 왔다

화살나무는 제 스스로 뺨을 후려치고
제 가슴 사정없이 두드리며 폭풍과 맞섰다

탄환처럼 몸에 와 박히는
날 선 얼음조각들에게
변명하지 않고
비명을 지르지 않으며

기꺼이 몸을 내어주는 나무를 향해
으르렁거리며 날뛰는
미친 바람의 시간

온 밤 내
휘몰아치는 제 몸속 깨어진 하늘 조각들
품어 잠들지 못한
얼어붙은 나무의 몸에서
새어 나오는 푸른 빛 한 줄기

폭풍이 지나간 아침 겨울 산
나무들은 일제히 세상을 향해
가지를 뻗었다

오직 한 곳만을 가리키는 가지 끝마다
시리게 투명한 눈들
매달려 있다

바퀴들

꽃, 이라고 말하자마자
맹렬한 속도로 꽃 행렬은 남하한다

저기 새, 를 가리키는 순간
허공을 흔들며 출렁이는 빈 가지뿐

눈이 마주치자
황급히 몸을 바꾸며 구름은 흩어지고

발자국 하나 남기지 않고
바람 순식간에 바다를 건너간다

등 뒤에서 쉼 없이 흩어지는 찰나들

세상 모든 목숨들
세상 모든 시간들은 바퀴를 가졌다

벼랑에서 허공
꽃잎에서 무덤까지

돌아보지도 머뭇거리지도 않고
앞으로 앞으로만
전속력으로 달려가는

만질 수도 닿을 수도 없는
환영의 나날
신기루의 생애

환한 햇빛 속을 질주하는
저 치열한 가속도의 바퀴들 사이
그저 발끝만 내려다보다
행방을 놓쳐버린 봄

어느새 겨울

붉은 벤치

월요일 오전
넓은 공원 한구석에 미술관
전시실 한 귀퉁이 숨은 작은 식당

유리창 너머
한 잔의 맥주와 나 사이를 드나드는
늙은 자전거, 유모차
노숙자의 배낭

도드라지게 부라린 까마귀의 검은 눈
쉰 목소리

아무것도 하지 않은 채 앉아서도
나는 쫓기네 하릴없이

피카소, 마티스, 드라크르와
죽은 망령들의 그림자

일어서는 무덤, 스러지는 묘비명
기억과 나무 사이 숨 가쁘게
조깅하는 이어폰

아이들 울음소리, 노인들의 졸음을 견디는
붉은 플라스틱 벤치의 무게

가늠해보네
헤아릴 수 없네

왜 그래야하는지도 모른 채로
나는 늘 쫓기네 가위 눌리네

아주 멀리, 집을 떠나와서도

쥐 떼

처음부터 나는 그가 싫었다. 왜, 무엇 때문에, 라고 묻기도 전에 내 속의 완강한 무언가가 그를 밀어냈다. 겸손하고 예의 바르게 돌아서며 고개를 약간 숙여 보이던 순진무구한 새앙쥐의 눈. 금세 잊었다.

승승장구, 라는 깃발이 휘날린다는 풍문이 들렸다. 그 깃발 아래로 달려가는 사람들의 걱정 어린 충고를 그저 흘려들었다. 동굴, 하수구, 빈집, 금방이라도 무너져 내릴 종이천정… 에서 빼꼼히 나를 지켜보는 어린 쥐의 눈 따위.

겨드랑이가 가렵기 시작했다. 목덜미와 발바닥, 손가락 사이 근질거림이 발뒤꿈치, 팔꿈치를 지나 목덜미를 물었다. 아주 작게, 눈치챌 수 없을 만큼 사각사각, 무언가가 조금씩 내 그림자를 갉아먹기 시작할 때쯤 그는 다시 찾아왔다. 아주 단호한 내 속의 무언가가 내민 손을 거절했다. 공손한 인사로 그가 돌아선 후 잠이 시끄러워지기 시작했다. 티비와 냉장고와 침대 아래, 벽 속에, 벽 너머로 끊임없이 들려오는 낮고 분주한 발자국 소리.

쥐들이 나타나기 시작했다. 구름 근처, 거울 속, 꽃덤불, 책갈피 사이 쥐들이 들락거렸다. 머리카락에서 기어 나와 귀 뒤를 거쳐 거울 속으로 사라지는 쥐들. 밥에서, 술에서 쥐 냄새가 났다. 매캐한 악취가 불러오는 참을 수 없는 구토에 시달릴 때면 어김없이 쥐떼는 달려 나와 세상으로 흩어졌다.

늦은 저녁 지하철, 차창 너머에서 누군가 내게 인사를 건넸다. 예의 그 겸손한 얼굴로 건네는 목례를 외면하다 문득 마주친, 시시각각 표정을 바꾸며 나를 빤안히 들여다보는 눈.

날마다 만나는 아주 익숙한, 결코 마주치고 싶지 않은 전혀 낯선, 천진한, 영악한, 비열한, 교활한…… 눈 속에서 금방이라도 튀어나올 듯 우글거리는 쥐, 쥐 떼,

내 속의 쥐새끼들.

이모들

이모가 건널목을 건너옵니다. 걸음걸이만 봐도 알수 있지요. 커다란 바구니를 머리에 이고서도 거침없이 당당한 저 팔자걸음,

걸음 따라 춤추는 이모의 바구니에서 바다가 출렁이고 물고기가 튀어 오르고 싱싱한 해초비린내가 사방으로 흩어집니다. 얼른 뛰어나가 바구니를 받아들어야 하는데 나고 모르게 몸이 움찔, 걸음이 주춤

이모는 힘이 셉니다. 팔 힘도 세고 목 힘도 세고 목소리 누구보다 크고 우렁찹니다. 이모가 입을 열면뜨거운 김을 뿜는 증기기관차가 달려 나오고 새끼를줄줄이 거느린 오리 떼 그 뒤를 따르고 흰 거품 문 암소가 흰 눈을 뜨고 머리를 숙인 채 씩씩거리며 돌진,

여자가 저리 기가 쎄니 자식을 일곱이나 낳고 키워출가를 시켰지 나 같으면 어림 반 푼어치도 없다. 하

모 택도 없다카이.

　엄마는 종종 귓속말로 이모를 흉보지만 이모는 엄마보다 무섭습니다. 엄마처럼 대충 넘어가 주는 법 절대 없습니다. 똑바로, 똑 부러지게, 경우 바르게 몬사나, 로 시작하는 잔소리를 쏟아붓는 이모한테 걸리면 뼈도 못 추립니다. 말로도 힘으로도 이모를 당할 사람 근동에는 없지요.

　저도 이제 나이 들어 이모 얼굴 안 보고 사니 편합니다. 이모 아픈데 병문안도 안 오냐는 고함소리를 전화기 너머로 들어도 늙은 이모는 이제 별로 겁이 안 납니다. 봉투에 지폐 달랑 몇 장 넣어서 부치고 룰루랄라 이모 따위는 잊어버립니다. 늙고 병든 호랑이는 뭐가 무서워, 안 무서워 주문을 왈라치면

　어김없이 이모는 쳐들어옵니다. 흔들거리는 링거

병 앞세우고 폐지를 가득 담은 손수레를 끌며 목발을 짚은 채로도 팔자걸음 여전히 당당합니다. 이모의 발걸음 따라 춤추는 손수레에서 바람은 일어서고 숲은 흔들리고 흰 날개를 펼친 새들 들판 가득 흩어집니다.

  햇빛과 구름과 비바람을 거느린 채 이모님들 오늘도 팔자걸음으로 건널목을 건너옵니다.

메리는 왜 들판

메리가 집을 나갔다. 괜찮아. 엄마가 말했다. 사흘이면 돌아올 거야. 메리는 원래 그러잖아. 그동안 애기들은 내가 돌보면 되고

사흘이 지났다. 메리는 돌아오지 않았다. 좀 늦나보지. 이번에도 빈손으로 돌아오기 미안해서 그러나보다. 메리는 원래 그런 애잖아.

메리는 온순했다. 애도 많이 낳고 가족도 잘 지켰다. 모두가 칭찬하던 메리는 웬일인지 종종 집을 나갔다. 집을 나간 메리는 낯설었다. 미친 듯이 들판을 달리고 또 달리던 메리. 들판 끝 잡목 우거진 산의 초입에서 늘 서성대던 메리, 꿩, 다람쥐, 은여우를 잡아 와 엄마에게 불쑥 내밀던 메리,

보름달이 떴다. 엄마는 마음이 급해졌다. 아무래도 무슨 일이 생긴 게 분명해. 징검다리 놓인 개울마다

엄마는 다녀왔다. 메리는 달을 좋아했잖아. 하늘에 뜬 달, 냇물 위에 일렁이며 흘러가는 달, 달이 잘 보이는 곳에 메리가 있을 거야. 세상을 다 뒤져서라도 메리를 찾아 돌아오마

엄마가 몸져누웠다. 메리의 아이들도 시름시름 풀이 죽어갔다. 식구들의 황망한 수소문 어디에도 메리의 흔적은 없었다. 이제 안 돌아오나 보다. 엄마 귀엔 안 들리는 위로의 말들이 차곡차곡 쌓여가던 그때, 문을 박차고 황급히 엄마가 달려 나갔다. 다시는 돌아오지 않을 것처럼 달려 나가던 메리가 그랬던 것처럼 뒤돌아보지도 않고

엄마가 돌아왔다. 메리는 돌아오지 않았다. 엄마는 곡기를 끊은 채 돌아누웠다. 묻어주고 왔다. 한참이 지나서야 엄마가 말했다. 품속에서 메리의 가죽 목줄을 꺼내 보여줬다. 산 초입 바위 위에 누워있더라 산

쪽으로 머리를 두었더라. 진작에 놔줄걸. 지 맘대로
살게 풀어줄걸. 엄마는 왈칵 울음을 터뜨렸다.

즐거운 인형공장

찢어져 너덜거리는 혀를 바꾸고 싶은데

입을 열 때마다 향기로운 꽃잎을 쏟아내는
분홍빛 혀를 갖고 싶은데

어렵겠다고
웬만하면 그냥 그대로 살라고
만류하는 의사의 말투는 부드러웠네

숨 쉴 때마다 칼날이 돋고
창과 방패가 튀어나오는
이 혀는 왜 갈아 끼울 수가 없는 걸까.

혀가 이미 몸이 되어버렸다
그 혀가 곧 너 자신이다
지나가는 늙은 바람이 중얼거리는데

그렇구나 그랬어 나는 이해했지만
내 혀는 전혀 수긍하지 못하네
우당탕탕 혀를 차기까지 하면서
이대로는 도저히 살 수 없다고 하네

죽음에 이를 수도 있다고 경고하는
의사의 어조는 단호해지네
인형 주제에, 라고 중얼거리면서
끌끌끌 속으로 혀를 찼던 것도 같네

대수술이 시작되었네
온몸에 뿌리내린 혀를 송두리째 잘라내고
머릿속에 새로운 혀를 집어넣어
입 속으로 길게 빼내었네

탁탁탁탁
의사는 맹렬하게 혀를 썰어댔네

눈 속에서 번쩍번쩍 우레가 일었네
뒤엉킨 뱀의 무리가 머릿속을 들락거리는데
사실은 내가 히드라가 아닐까 싶기도 했네

병원 구내 편의점으로 마스크를 사러 갔네
핏빛으로 물든 마스크를 한
수많은 인형들이 곁을 지나갔네

시계, 거울, 문

중환자실은 불이 꺼지지 않는다. 거울도 창문도 없이 출입구 하나만 있는 방, 바퀴 달린 침대를 끄는 다급한 발자국 소리, 희미한 비명과 신음소리에 자동으로 열리고 닫히는 커다란 방, 침대는 섬이다. 목숨줄을 주렁주렁 달고 줄지어 누워있는

섬들 때때로 급격히 요동친다. 묶인 몸을 뒤채며 퍼덕거리는 한바탕 격랑이 휩쓸고 지나가면 방안을 가득 채우는 침묵들, 언제 깨어질지 모르는 불안한 고요가 감각 없는 몸을 들어 올린다. 거리낌 없이 공중으로 떠오르는 몸, 낯선 몸의 내가 나를 내려다본다. 철제 침대, 링거병, 수술 부위를 휘감은 붕대, 붕대에 번진 엷은 핏자국, 시계도 없는 공간 속에 살아있는 너무도 명확한 시간.

누군가 소리죽여 흐느낀다. 용서를 빌고 이미 늦어버린 사랑을 고백한다. 대답을 구하지 않는 낮은 기도

소리, 병실 바닥에 낮게 깔린다. 숨죽인 오열들 앞에서 무덤덤, 무덤덤하게 죽음은 찾아와 침대 바퀴를 굴려 문을 열고 문밖 세상으로 나간다. 거울도 없는 방에 누운 나를 찾아오는 내 얼굴, 너무도 뚜렷한 얼굴.

피 냄새, 알코올 냄새, 방울방울 떨어지는 비닐봉지 속 타인의 핏방울. 아무리 헤아려도 잠은 오지 않고, 어둠은 도착할 기미도 없고 하루 온종일 꺼지지 않는 창백한 불빛 속에서 헤아리다 만 하루 이틀 사흘, 까무룩한 의식 속으로 걸어오고 걸어오다 흩어지는 어머니 황망한 그림자

지붕들

밤늦게 도착했다. 늘 대문이 열려있는 집, 어머니, 어머니 불렀으나 기척은 없고 방문을 열면 왈칵 쏟아져 나오는 찬 어둠들, 어둠을 뚫고 칼날처럼 일어서는 시든 꽃 마디 가득한 텃밭을 지나 한 치 앞도 보이지 않는 어둠 더듬어 개울가로 내려가 보면 한밤중에도 잠들지 못한 물소리만 찰랑찰랑, 어머니는 무슨 연유로 늘 나와 길이 엇갈리는 걸까, 화를 내고 소리를 지르며 마당으로 올라서니 거기 빈 마루에 어머니 문득 앉아 계시네, 지붕이 무너져 내린 아래채를 하염없이 바라보고 계시네, 어느 해 장마에 속절없이 무너져 내린 담이며 지붕, 몇 날 며칠 세우고 쌓아 튼튼하게 지어 올렸었는데 꿈을 꿀 때마다, 내가 집을 찾을 때마다 무너져 내리는 저 지붕, 불이 나서 무너져 내리고 노래 한 소절에 무너져 내리고, 어머니 한숨 한 번에도 무너져 내리는, 쌓아 올리고 세워 올려도 날마다 무너지는 저 지붕 여전히 어머니는 바라보고 계시네. 말없이 어머니 곁에 앉으면 스스로 어둠이 되는, 흔적도 없이 사라지는 어머니, 나는 늘 밤늦게 집에 도착하고 어머니는 늘 집에 안 계시고 어머니 어머니 부를 때마다 무너져 내리는 저 지붕, 늘 무너져 내리기만 하는 어느 먼 하루의 선명한 찰나.

조장鳥葬

내가 네 이름을 부르면
우레처럼 달려와 내 눈을 파먹어다오

독수리 독수리
잘 벼린 발톱으로 단번에
내 심장을 움켜 낚아채 가다오.

아슬한 벼랑 끝자락 앉아
내 더운 피로 네 부리를 닦을 때
움푹 패인 내 몸 깊숙이
사나운 바람은 와서 담기리니

나 비로소 꽃처럼 가벼워져서
눈멀고 귀먼 마음 하나로
세상 모든 황무지를 헤맬 수 있겠네

함부로 취하고 노래하다

흐려진 눈, 남루해진 혀
기꺼이 너의 허기에게 바치려 하니

독수리 독수리
굳이 네 이름 부르지 않아도
날아와 네 큰 날개의 그림자
내 몸 위에 드리워주면 좋겠네

네 눈 속 무한천공
네 깃털을 세우는 바람의 힘으로
두려움 없이
어둠을 껴안을 수 있도록

칼치

넥타이는 칼을 닮았다.

단정하게 목에 매달린 물방울
꽃, 페이즐리, 스트라이프,
여러 무늬와 색깔 속의

칼날들, 어떤 날은 미친 쇳덩이
어떤 날은 순응의 문신

몇 개의 칼을 가졌고 부러졌고
벼렸고 버렸고 또 숨겼는지
헤아릴 수도 없이

내가 아직 벗어버리지 못한
미처 숨기지 못한 비장의 칼날들 이젠
시장 좌판 위에 누워있네

표정 없는 눈. 매끈한 동체
날카로운 이빨을 가진 넥타이
아니 칼날들

죽어서도 죽지 못하고
길이와 넓이와 무게로 거래되는
칼의 몸, 익숙한 칼의 시간들

누군가 벗어 던져버린
내가 벗어 던져버려야 할

죽을 때까지 벗지 못하고
함부로 휘두르다 마침내 망가져 버릴
저기 무수한 칼의 얼굴들

아무도 모르는 바다

엠블런스는 시끄럽다 잔뜩 화가 나 있다. 전속력 달려 나기기 위하여 있는 힘껏 몸을 비틀어대며 고함을 질러댄다. 비켜, 비키란 말이야, 앞을 가로막는 것들은 다 날려버릴 테니

벨트에 묶여 누운 몸, 구급대원들은 힘껏 붙들고 있지만 소용없다. 이리 부딪치고 저리 부딪치다 더러 공중으로 튀어 오르기도 하면서 꽃을 만난다. 차창 밖으로 휙휙 달려가는 흐드러진 꽃들, 창문, 전선들. 발이 시리다. 흔들리는 맨발 따위 아랑곳없이 사이렌은 울려대고 나는 오로지 발만 시리다. 물이 차다.

뼈 시리게 찬 바닷물이 걸음을 막지 못한다. 수평선 쪽으로 걸음을 옮길 때마다 몸은 가벼워지고 지상에 들끓던 비명소리 잠잠해지고 마침내 발끝에 아무 것도 닿지 않을 즈음 몸을 감싸는 완전한 평화, 완전한 침묵.

눈을 감아도 바닷속은 눈부시다. 물속으로 내려꽂히는 무수한 빛기둥들, 내 몸을 관통한 채 화살처럼 심해로 달려가는 수천수만 빛의 화살들. 해조류처럼 이리저리 나부끼는 머리카락 사이로 가만히 눈꺼풀을 들어 올리는 어떤 시간, 정지된 시간 속으로 무덤덤 눈을 마주쳐오는 무덤 같은 찰나들.

병원은 멀다. 응급실은 비명을 지르며 멀리멀리 달아난다. 그 봄날 내가 걸어 들어간 바다, 나를 등 떠밀어 내보낸 바다, 출렁출렁 구급차 속에 차오른다. 몸을 들어 올린다. 아무도 모르는 바다, 누구에게도 말하지 않은 바다, 끊임없이 내게로 달려오고 또 달려나간다.

화장火葬

야산 어느 어린나무 뿌리 근처는
어떨까 나무가 불편해할까

조잘대며 달려가는 저 실개천이면
꽃붕어 각시붕어 버들치가 다치려나

봉분 속의 잠은 무겁고
바다로 나가 먼 세상을 떠돌기는 두려우니
천생 겁이 많은 채로 살아놓고도
세상 모든 겁은 여전히 내 것이네

큰 물결을 만나
큰 목숨들과 마주치고
큰 별빛 흐드러진 어둠에 휩쓸려

겨우 벗어버린 그리움
한 점도 벗지 못한 죄들

또 껴입어 무거우면 그땐 어쩌나

감추어지지 않는 얼굴
너무 많은 말들, 목숨들, 이름들과
죽을 때까지 싸워야 하는 일은
너무 가혹해

결코 네가 되지 못하는
나 외엔 아무것도 되지 못하는 나를
흔적도 없이 태워줄 불에게 공기에게
바람에게 부끄럽지 않기 위하여

남모르는 문신들을 지울 시간만이 남았네
너무 많은 시간 속의 저 얼굴들

걸어 다니는 집

고기 굽는 냄새 종일 어슬렁거리는 골목 끝 후미진 곳. 건물과 건물 사이 좁은 틈 사이에 노숙자 김 씨의 종이집은 있지. 살랑살랑 고기 냄새를 실어 나르던 명주바람도 그곳에선 몸을 바꾸지. 칼, 송곳, 얼음, 서리로 이름을 바꾸는 바람의 통로.

박스 몇 개 얼기설기 엮어 지은 그 집은 사람들 눈에 안 띄게 깊이 숨어 있지만 건물주 김 사장은 귀신같이 찾아내지. 등심, 갈비, 삼겹살, 오겹살 소문난 맛집 김사장이 숙식 제공 일자리를 제안했지만 노숙자 김 씨 완강하게 거절했다지. 노숙자 주제에 뭔 언감생심, 고깃집 사장님들 화를 내는 바람에 그나마 손님들이 먹다 남긴 고기도 못 얻게 됐지만

노숙자 김 씨 전혀 아랑곳하지 않았다지. 음식 쓰레기통, 빈 술병 박스를 뒤지는 늦은 밤이면 버린 술과 고기는 늘 넉넉했으니. 이불, 옷가지, 석유난로 모두 마다한 김 씨 누구에게도 도움을 청하지 않았어.

온 동네 보일러 밤새도록 윙윙대고 세상 길바닥 모두 꽁꽁 얼어붙은 날 아침에도 김 씨는 멀쩡했지. 뜨거운 소고기뭇국을 괜한 걱정과 함께 놓아두고 왔다고 성인용품 김 사장은 종종 투덜거렸지. 노숙도 몸에 배이면 할만한 모양이라고.

떠돌이 개들 꼬리를 흔들며 종일 식당 앞을 어슬렁거리는 봄날이면 고기 골목은 천국이지. 개나리 진달래 벚꽃이 쉴 새 없이 손님들을 불러 모으지. 김 씨 집이 있었던 건물 틈새엔 취객들의 토사물 말라붙을 새도 없이 층층 쌓여가고 부동산 김 사장은 건물을 헐고 그 자리에 36층 주상복합아파트를 건설 중이지. 어느 새벽에 종이상자 몇 장 접어서 옆구리에 끼고 노숙자 김 씨 터덜터덜 걸어가더라고 편의점 지하에 세 들어 사는 삼류 소설가 김 씨가 말해줬지. 태어나 한 발짝도 걷지 못하는 불구의 집들 사이를 유유자적 걸어가는 집 한 채를 봤다고.

악기

한 여자가 빈손으로 무대에 섰다

두어 번 심호흡으로 가볍게 손을 풀자
일제히 그녀의 손끝에 꽂히는
시선들, 긴장하는 얼굴들

무겁게 정지된 손가락을 툭, 퉁기자
바람 한 줄기
목덜미 근처 머리카락을 쓸어 넘긴 후
바다를 끌고 나온다

흩날리는 물보라 너머
얼핏얼핏 섬들을 감추는 바다

손가락을 부딪치고
손바닥을 감추고
손바닥, 손가락이 얼굴과 가슴을 치고

허공을 가리키며
만지고 쓰다듬을 때마다

꽃 무리 후드득 손끝에서 날아 나오고
눈빛 푸른 개들 이빨을 드러내고
비수는 날을 세운 채 객석으로 날아간다

끊임없이 표정을 바꾸는
안경 속 높고 둥근 눈썹
코끝에 실주름이 맺혔다 풀리는 동안

잘린 귀들
접힌 혀들이

그녀의 손끝에 매달렸다 흩어지고
쥐었다 펴는 주먹 속으로 사라지면

팽팽하게 객석에서 일어서는 침묵
날카로운 묵언 수행들

공연은 끝났다
무대 위엔 가벼운 목례만 남았다

가방, 호주머니, 가슴 속에 숨긴
혀와 귀, 누구도 꺼내지 않는 채
일어서 돌아서는 사람들의 등 뒤

허공에 걸려있는 두 개의 손
손끝마다 거울 조각을 매단 채
반짝이는 언어들

태풍

집들이 날아가네 처마 밑에 감춘 날개를 꺼내 편 채
사람들을 버리고 가족들 흩뿌리며 산마루 지나 훨훨
구름까지 닿는

집들의 날개는 쇠창살, 녹슬어 붉게 야윈 쇠창틀.
가로수를 할퀴고 십자가를 부수고 가로등, 표지판, 전
신주를 쓰러뜨리며 푸드득 허공을 떠도네

어떤 집은 고압선에 걸려있고
어떤 집은 광고탑에 매달려있네

어떤 꿈은 길 위에
어떤 노래는 하수구에

함부로 부서진 사람의 그림자
흩어져 하릴없이 거리를 떠도네

집들이 휩쓸려가네 바람에 멱살을 잡힌 채 순한 꽃
나무 같은 집들이 마을을 떠나네 꽃다운 잠들이 벽 사
이로 쏟아지네 작은 의자들이 찢겨져 나뒹구네

　땅 위로 드러난 저 허약한 뿌리들을 봐, 집들이 이
렇게 허술했다니, 미친 바람이 달려오네 힘센 집들 일
제히 더 깊이 뿌리를 내리네 남은 지축을 마저 흔드네

　바람은 어디서 오나
　누가 바람을 불러오나

　아무도 알지 못한다고
　아무도 바람을 막으려 않는다고

　말하지는 마
　부디 아무 말 마

그건 너였어

그건 나였지

우린 이미 알고 있었는걸

얕은 무덤

산 중턱 외딴 무덤 하나 자잘한 들꽃에 둘러싸여 있네. 노오란 가을꽃들 조그맣게 울창하네. 저 낮은 무덤 속 어떤 잠은 향기롭겠네. 나이 들면 땅 냄새 고소한 법, 어머니 문득 등 뒤로 다녀가시네. 사기 항아리 속 어머니 못 뵌 지 오래,

나 죽으면 이 썩은 몸 활활 불살라서 강가에, 바닷가에, 산속에 뿌려다오. 죽어서라도 훨훨 천지사방 쏘다니게. 미친년처럼 치맛자락 펄럭이면서 머리 풀고 맨발로 뛰다 춤추다 하게.

죽어서도 땅을 밟지 못하고, 바람에 훨훨 날아가지 못하고 어머니 항아리 속에 누워계시네. 옆 위 아래 층층 첩첩 항아리들에 둘러싸여 발도 제대로 못 뻗으시네. 흑백사진 한 장, 비닐 조화 몇 송이, 체면치레로 지키는 항아리들. 웅크려 잠들지 못하는 잠꼬대가 온 밤 내내 칼잠 속으로 떨어지네.

뭉게구름

천사 한 분 저기 일어서시네
산봉우리 너머
거대한 날개 천천히 펼치시네

꽃의 영혼과 물의 심장에서 태어난
눈부신 날개 너머

얼굴을 보여줄 듯 말 듯
자꾸만 뒤돌아서시니
수줍음이 많으신가

발끝에 열리는 하늘
하늘에 걸린 맨발 보여주시네

아이의 가슴, 노인의 걸음걸이로
들끓는 지상에 푸른 발자국
드리우시네

바퀴 달린 침대

어두운 숲 한가운데 침대 하나 놓여있네. 끝도 없이 치솟아 하늘을 가린 침엽수 뽀족뽀족한 가지들 껴안은 어둠, 너머 허공으로 천천히 떠오르네. 하얗게 빛을 내뿜는 침대

하나 둘 셋 넷 들판 가득 놓여있네. 흐트러짐 없는 각진 대열을 이루었네. 사람들은 모두 어디로 갔나. 침대 아래 실내화를 벗어둔 맨발들 어디로 사라졌나. 발 시린 바람들이 흰 침대보를 펼쳐 흔드네. 커다란 흰 깃발들이 들판을 가득 채우네. 깃발 너머 흰 발바닥들 허공을 건너가는데

누가 자꾸 침대를 병실 밖으로 밀어내나. 덜컹거리는 바퀴를 가진 침대들 세상 밖으로, 바깥으로 굴러가네. 아무도 붙들지 못하네. 우르르 우르르 천둥소리를 내며 달려가는 바퀴들, 깨어나지 못하는 바퀴 위의 잠들.

나를 붙들고 놓아주지 않네. 몸부림칠수록 완강하게 나를 결박하네. 아무도 도와주지 않는 밤, 한낮, 저녁 아니 아침, 누가 자꾸 침대를 미네, 밀어서 헝클어진 시간 속으로 빠뜨리네. 소용돌이치는 세상 밖, 세상 너머

침대들 줄지어 미끄러져 오네. 저 행렬의 끝 보이지 않네.

가덕도 가는 길

낙동 칠백 리를 혈혈단신 걸어
강의 끝자락에 도착했을 때
거기 오래된 표지판 하나

천진한 신석기의 바람 머금은 옷깃마다
꽃 무리를 품은 채
맑은 그늘 묵묵히 드리운 섬

바다를 만나기 전에
큰 바다를 만나 하나의 너울로
어우러지기 전에

제 지나온 날의 얼룩이며 상처들
가만가만 다독이고 다스려
스스로 깊어지라고

깊어지고 깊어진 후에야

세상 모든 무거움들 기꺼이
들어 올려 제 등에 지는 단호한 힘
출렁이는 노래를 가지라고

강과 바다 사이
침묵과 함성 사이 평온한 기항지를
마련해놓은 섬

낙동 칠백 리를 힘겹게 돌아
날마다 내가 첫 바다를 만날 때
거기 갓 태어난 거울 같은 섬 하나

하나의 물마루가 되기 위하여
얼마나 많은 물굽이를 거쳐야 하는지

얼마나 많은 슬픔들 흐르고 쌓여야
갈대숲 하나를 세워 일으키는지

새 한 마리 훨훨

하늘로 날려 보낼 수 있는지

깨우치려는 듯

*加德島:낙동강 물이 남해로 흘러드는 강 하구의 남쪽에 위치
하는 부산의 가장 큰 섬. 현재 부산신항 소재지.

안녕이라는 말

세상의 모든 인사는 이 말에서 시작하네

그게 시작이든 마지막이든
상관없이

산목숨의 인사 늘 준비도 없이

한밤중의 부음
비 오는 오월 아침의 장미꽃
상관없이

하지 못한 인사 그저 목울대에 잠겨있네

노숙자의 가방,
하얀 개를 끌고 가는 명랑한 방울 소리
지갑 속에 구겨지는 지폐들
상관없이

세상 모든 인사들은 허공에 걸려

구름에서 떨어지는 깃털
나른한 한숨으로 낮아지는
무덤들, 상관없이

세상의 모든 쓸쓸한 예의들
이 말에 가 닿기 위해 있네

하나의 풍경 곁을 지나가는
어떤 마음들에서 드네

들려오는 희미한 울음소리
늘 되풀이되는
소리 나지 않는 속삭임들까지

해설

꽃그늘 아래 목숨 같은

구모룡(문학평론가)

'구름'과 '의자'는 김형술의 시에서 가장 빈번하고 오래 변주하는 이미지들이다. '구름'이 자유자재로 변화하면서 부유하는 초월적 환상의 표상이라면 '의자'는 세속의 자기를 넘어서 유동하는 존재의 자리를 의미한다. 이와 같은 이미저리는 현실을 훌쩍 건너려는 기도(企圖)의 산물이지만 그만큼 자아와 세계 사이에 놓인 단절이 크다는 사실을 반영한다. 이러한 가운데 '구름 위의 의자'나 '의자 위의 구름'과 같은 표현이 등장한다. 이곳의 현실과 다른 곳으로 자유롭게 이월하려는 고독한 의지의 등가물이다. 마침 시인이 제시하고 있는 제7 시집의 표제가 '사이키, 사이키델릭'이다. 어쩌면 표나게 자신의 시법을 드러내고자 한 듯하다. 몽환 속에서 내면의 해방을 갈망하며 사회적 자아를 부정하고 초월한다. 김형술의 시적 관심은 타자와의 관계가 아니라 철저하게 홀로 내면의 자유를 지향한다. 가령 시집의 첫머리에 놓인 「바깥」은 존재의 외부가 여러 겹으로 차단되고 있음을 말한다.

> 문을 열면 상자/ 귀퉁이가 허물어지고/ 더러운 발자국이 찍힌 상자의/ 문을 열면 의자/ 온몸에 강철가시를 돋운 채/ 비스듬히 돌아앉아 있는 의자의/ 문을 열면 어머니/ 오래도록 누군가를 기다리다/ 어깨가 굽어버린 골목길의/ 문을 열면 지옥/ 까마득한 낭떠러지 아래/ 깊이 모를 어둠을 가진 지옥의/ 문을 열면 말/ 내가 건너지 못한/들끓는 말들의 문을 열면/ 벽, 죽을 때까지 열고 또 열어야 할/ 날마다 새롭게 태어나는/ 저 겹겹 (「바깥」 전문)

이처럼 외부는 "상자", "의자", "어머니", "지옥", "말", "벽" 등이 겹겹으로 자기를 차단하는 형상이다. 여기서 각각의 이미지가 지시하는 의미를 명확히 하는 일은 그리 중요하지 않다. 물론 다른 시편에 등장하는 같은 이미지의 맥락을 통해 이해할 수 있지만 이를 유보한다면 이들의 이미지가 환기하는 정황이 더

주목된다. 마치 러시아 인형이나 중국 상자와도 같이 시적 화자의 바깥은 여러 요인의 장벽으로 둘러싸여 있다. 이를 혼신으로 "죽을 때까지 열고 또 열어야 할" 과제를 떠안고 사는 운명이다. 결구에서 "날마다 태어나는/ 저 겹겹"으로 진술하고 있듯이 내부를 가로막는 외부는 쉽게 극복되는 대상이 아니다. 또한 이들이 순차적으로 등장하여 자아를 압박하지도 않는다. 그만큼 바깥으로 열리는 문은 허물어지고 퇴락하며 가시 돋친 풍경과 곧 봉착한다. "오래도록 누군가를 기다리다/ 어깨가 굽어버린 골목길"에서 만난 "어머니"조차 존재의 출구는 아니다. 그는 하나의 환영일 뿐 "까마득한 낭떠러지 아래/ 깊이 모를 어둠"이 현실이어서 "지옥"에 다를 바 없다. 이와 같은 정황에서 "건너지 못한/ 들끓는 말들"은 시인이 직면한 곤경이다. 김형술의 시편은 단절되고 차단된 자아의 고독, 불안, 공포를 벗어나려는 꿈과 환상으로 서술된다.

시집의 두 번째 시편인 「지붕 위의 발코니」에서 주체가 처한 상황은 더욱 심각하다. 그동안 환각이든 환상이든 해방과 자유의 표상이던 '구름'이 훼손되거나 포박되고 사라지는 변화를 경험하며, '의자'로 그려지던 자기의 위치 또한 질곡에 처한다. "뚱뚱한 구름 하나 전선줄에 걸려있네. 전단지, 검은 비닐봉지 1회용 컵 따위 잔뜩 끌어안고"로 시작하는 이 시편은 "제가 구름인 줄도 모르는 구름 한 덩이"로 끝난다. "여긴 안전하지 않아 도망칠 수 없어" "숨을 곳은 없어"라고 말하는 2연은 시 속의 주인공이 초월 불가능의 사태에 처했음을 전한다. 도대체 무슨 일일까? 이어지는 3연의 처음은 "내 소매 끝을 들어 주사자국을 헤아리네"라는 진술로 시작한다. 환각을 의도한 LSD나 마약을 의미할 턱이 없으니 "죽음 같은 마취에서 깨어날 때 몸속 가득 일어서던 차가운 핏줄들, 섬망 흐드러진 시간들"이라는 진술에서 답을 구할 수 있다. 시적 화자는 어떤 병상의 경험을 말한다. 실제 시인은 급환으로 쓰러져 병원으로 실려 가서 입원한 바가 있다. 급작스럽게 마주한 존재의 위기는 이전의 일상이나 구체적 삶과 다른 단층을 형성하며 전환의 계기를 부여한다. 자연스럽게 시적 지평의 변화가 수반된다. "구름은 말이 아니다. 나귀도 변기도 만년필도 아니다. 지붕 위에 잘못 올려진 의자, 바람이 잠시 몸을 기대는 발코니 같은 것"이라는 4연의 진술은 환상의 구름을 달리 보기 시작하였음을 뜻한다. 환상과 환멸은 종이 한 장 차이에 불과하다. 5연은 "구름은 눈이지. 늘 마주쳐 지나치고 등 뒤에서 날아오르지만 내가 보지도 알지도 못한 채 나를 지켜보는 투명한 권력자. 길을 가로막고 등을 떠밀고 넥타이를 당기며 나를 잡아끄는 절대자의 그림자."라고 진술하며 기왕에 이끌린 환상의 벡터가 존재를 오도하고 있음을 준열하게 인식한다. 적어도 이 대목에서 김형술의 시적 지평이 전환하고 있음을 우리는 눈치챌 수 있다. 다음은 6연이다.

> 너덜너덜 찢어진 더러운 구름 하나 천정에 매달려 있네. 늘 전등빛을 가려 방안에 그늘을 드리우네. 다시는 돌아오지 못할거야 속삭이며 날마다 뚱뚱하게 살이 쪄가네. 반듯하게 오래 접혀진 울음, 비명 줄줄이 껴안고도

그러니까 여기에서 떠오른 "구름"은 그 속에 존재의 자리를 만들고자 하던 저간의 이상적 이미지와 큰 격차를 지닌다. 자유와 해방보다 탈주를 불가능하게 하는 구속과 결박의 이미지이다. 그와 더불어 시 속의 주인공은 울음과 비명을 분출한다. "제가 구름인 줄도 모르는 구름 한 덩이"라는 결구가 심각하다. 이

러한 점에서 김형술이 말하고자 하는 '사이키델릭'은 매우 존재론적이다. 죽음의 위기를 자각한 존재의 각성과 무연하지 않기 때문이다. 그래서 「신들의 문장」이 말하듯이 유난해진 삶과 죽음의 감각을 더욱 주목하게 된다. '구름'은 부유하는 유목적 삶의 표상이지만 이제 "흩어져 죽고 다시 태어나는"(「신들의 문장」) 존재와 소멸의 순환이나 "찰나와 영원"의 시간을 함축하며 존재의 이상적인 거처가 아니라 공, 무상, 무위로 기울어진다.

「지느러미」, 「심해어의 눈」, 「부레」는 앞에서 말한 대로 병상의 경험에 속한다. 이들 시편을 경유하면서 생명, 목숨, 죽음에 대한 시적 과정이 도드라진다. 「지느러미」는 일견 환상 시편으로 읽을 수 있다. 하지만 환상을 발현하는 정황이 예사롭지 않다.

물속이었고 눈을 뜬 채였으며 / 부드럽게 일렁이는 바다 속은 평온했고 / 수직으로 내려꽂히는 / 수천 수만의 햇살은 / 눈부셨다 // 누군가 내 이름을 부르는 듯도 했고 / 아무 기척 없는 부드러운 정적인 듯도 했고 / 까마득히 먼 곳에서 / 날 선 정과 망치로 바위를 깨는 듯 / 따악따악 / 긴 울림을 가진 소리들 천

천히 물속을 달려와/ 귓속을 꿰뚫기도 했다

이와 같은 은유의 상황을 앞에서 말한 수술실로 치환하는 방식은 지나치게 텍스트 외적인 설명이 될 수 있다. 하지만 "커다란 물고기 한 마리 머리 위로 지나갔다"라는 1연의 진술에 이어진 2, 3연은 시 속의 주인공이 바닷속에 누워있는 모습을 연출하고 있을 뿐만 아니라 "수직으로 내려꽂히는/ 수천수만의 햇살"이나 이름을 부르거나 "날 선 정과 망치로 바위를 깨는 듯"한 소리가 들려오는 현상에서 이 속의 화자가 처한 실제를 유추하기 어렵지 않다. 구름 속의 의자나 의자 위의 구름과 같은 환상이 아니라 "지붕이 내려앉은 낡은 집 한 채/ 물속으로 떠내려"(4연) 오는 환각에 사로잡힌다. 어쩌면 먼 기억이 불러온 이미지가 아닌가 한다. 집과 길과 한 생애가 파노라마처럼 흘러가는 장면이다.

아무도 찾아오지 않는 집/ 종일 문밖에 앉아있어도/ 누구도 만나지지 않는 긴 봄날/ 노오랗게 물든 골목길들이/꾸불텅꾸불텅 길게 또 적막하게/ 눈앞을 헤엄쳐 가고 헤엄쳐오곤 했다// 그 집 앞, 그 문

앞에서/ 불러야 할 이름들은 수없이 많았으나// 누구의 대답도 없고 아무 기척도 없이/ 장마는 오고 낡은 지붕은 자꾸만 무너지고/ 무너지는 마음 가까이 아무 인기척도 없어// 돌담 끝에 다알리아만 피멍처럼 피고/ 날카로운 꽃잎 근처로 어둠 우르르 몰려갈 때// 머리 위로 커다란 물고기 한 마리가 지나갔다// 꿈결인 듯 부드럽게 움직이던 저 투명한/등과 아가미, 꼬리의 지느러미/ 몸속의 뼈, 부레, 실핏줄을 끌고 가던// 그 작은 몸짓 하나가/ 바람을 불러 물결을 흔들고/바다를 움직여 일으켜 세운다는 걸 까마득히/몰랐던 그 시간 한가운데를/ 유유히 가로지르며

여기에 등장하는 이미저리는 분명한 의식의 소산이 아니다. "아무도 찾아오지 않는 집"은 지금은 사라진 유년의 장소가 아닌가 한다. 그 장소로 유영하면서 가고 오는 과정은 의식의 흐름에 상응하는 이미지를 형성한다. "그 집 앞, 그 문 앞에서 불러야 할 이름들"은 누구의 것일까? 아마 기억 속에 자리한 인연이지만 그 "누구의 대답도" 들을 수 없다. 이미 사라진 이들이거나 그 곁에 있다고 하더라도 시 속의 주인공이 지각할 수 없는 상태이다. 이러한 가운데 장마와 무너

지는 지붕, 무너지는 마음의 표현은 존재의 위태로움에 상응한다. "아무 기척"도 "아무 인기척"도 없는 사정이 그러하며, "피멍처럼" 핀 "다알리아"나 "날카로운 꽃잎 근처로 어둠"이 몰려드는 광경도 그와 다르지 않다. 하지만 "머리 위로 커다란 물고기 한 마리가 지나갔다"라는 구절이 반복하면서 반전이 일어난다. "그 작은 몸짓 하나"인 미약한 생명의 기운이 "바람을 불러 물결을 흔들고/ 바다를 움직여 일으켜 세운다." 시적 화자는 이 시편을 통하여 놀라운 생명현상을 자각한다. 그러므로 표제인 "지느러미"는 "커다란 물고기"의 부분이면서 유기적인 생명의 전체를 지시하는 제유(synecdoche)이다. 생성하는 신생의 이미지를 얻고 있는 이 시편은 자기 반영과 분열, 폐허와 파국의 징후로 덮인 「붉은 거울」과 대비된다.

　　서쪽하늘에 붉은, 불타는 거울들 주렁주렁 매달리기 시작한다. 흑등고래 한 마리 일렁이는 거울들 속으로 사라지고 산을 덮는 검은 비닐봉지들. 여전히 집을 찾지 못한 개들 컹컹 짖을 때마다 거울들 깨어진다. 쏟아지는 노래, 비명, 침묵들, 캄캄해진다.

「붉은 거울」의 마지막 연은 이처럼 거울이 깨어지고 사물이 사라지고 주위가 깜깜해지는 사태로 귀착한다. 하지만 「지느러미」와 같은 유형인 「심해어의 눈」은 다음과 같이 끝맺음(4, 5연)을 하고 있다.

어둠은 늘 경전을 새긴 깃발로 서 있었다. 읽지도 이해하지도 못한 채 혼자서 펄럭이며 흩어지던 경전들. 어둠을 먹고 어둠으로 숨 쉬고 어둠으로 늪과 들판, 창문과 거울을 가늠하던 시간들은 이따금씩 물고기 한 마리를 보내왔다. 어둠을 제집으로 가져 거리낌 없이 어둠 속을 유영하다// 뭍으로 떠올라 와서야 비로소 어둠의 무게를 벗어던진 물고기한 마리, 아무 표정도 읽혀지지 않는 눈 속 무한천공, 저 푸르디푸른 한 개의 우주.

어둠이 죽음이나 파국으로 나아가지 않고 신생의 징표로 거듭나고 있다. 물론 "심해어의 눈"이라는 시적 대상이 환기하는 이미지이다. 이 시편의 흐름은 "어둠"에서 시작하지만 "어둠을 견디는 게 아니라 끌어" 안으며 "끊임없이 무너져 쌓이는 시간"을 감당한다. 이로써 "꽃", "목숨", "마음"(2연) 등의 의미에 가닿으며 변화를 시작하고, "갈증에 쫓겨 다니던 길의 끝", "사막"이자 "황무지였고 집 없는 길의 한가운데"(3연) "어둠을 제집으로 가져 거리낌 없이 어둠 속을 유영하다" 마침내 "뭍으로 떠올라 와서야 비로소 어둠의 무게를 벗어던진 물고기"의 역설에 당도한다. 그러므로 이 시편에서 "심해어의 눈"은 「지느러미」의 "지느러미"에 상응하는 메타포의 벡터를 지닌다. "눈 속 무한천공" 혹은 "저 푸르디푸른 한 개의 우주"라는 구절은 결코 예사로운 출현이 아니다. 건조한 공상에서 유기적인 상상력으로 건너는 전회가 있는데, 이를 다시 「부레」를 통하여 확인한다.

세상에 가벼운 물고기는 없다. 캄캄한 심해로 가라앉지 않으려, 물 위로 떠 올라 날짐승의 먹이가 되지 않으려 안간힘으로 버티는 중력과 부력 사이// 숨쉬기. 숨 고르기가 물고기의 목숨이다. 깊은 물 속 큰 숨, 얕은 물 속 작은 숨, 참고 들이쉬고 내어 쉬고 참는 들숨 날숨 끝에 맺히는 물방울, 힘겨운 작은 숨결들 모여서 물결이 된다. 숨결과 물결이 만나는 자리마다 파도는 태어나 물이랑, 물마루로 일어서고// 바닥을 기거나 물 위를 날아다니며 소용돌이

해류를 지나 물너울을 헤쳐가려면 더 큰 숨이 필요하다. 큰 한숨, 큰 탄식, 소리 나지 않는 비명과 삼킨 울음을 담을 그릇 하나쯤 누구나 몸속에 있다. 너무 크면 가라앉고 너무 작으면 떠오르고 마는 저마다의 숨겨둔 눈물 덩어리, 꽃다운 그릇들// 세상에 가벼운 목숨은 없다. 모래언덕 아래 숨겨진 어두운 무덤 계곡을 지나 비로소 꽃이 되는 물고기들, 혼자이거나 여럿이거나 작은 숨 한 번에 끌려오는 큰 물결을 너그러운 지느러미로 받아준다. 크고 작은 흔들림이 쌓이고 쌓여서 태어나는 바다.// 세상에 가벼운 바다는 없다. (「부레」전문)

　　무엇보다 이 시편에서 "목숨"의 이미지가 돌올하다. 이와 더불어 작은 이미지가 모여 큰 이미지로 나아가는 이미저리의 역동성을 알 수 있다. 이는 크게 물고기와 바다의 관계이다. "세상에 가벼운 물고기는 없다"라는 첫 구절은 "세상에 가벼운 목숨은 없다"라는 중간 구절을 지나고 "세상에 가벼운 바다는 없다"라는 끝 구절에 이르면서 생명현상의 역장(力場)을 형성한다. 물고기의 들숨과 날숨이 목숨이라면 바다는 무수한 목숨이 만든 현상이다. 숨결이 모여서 물결이 되고 "숨결과 물결이 만나는 자리마다 파도는 태어나 물이랑, 물마루로" 일어선다. 마치 프랙털의 형상과 같다. 물고기가 "바닥을 기거나 물 위를 날아다니며 소용돌이 해류를 지나 물너울을 헤쳐가려면 다른 숨이 필요"하듯이 "누구나 몸속에" "큰 한숨, 큰 탄식, 소리 나지 않는 비명과 삼킨 울음을 담을 그릇 하나쯤" 지니고 있다는 시적 화자의 진술에 이르러 시인의 의도를 읽게 된다. 곧 "목숨"의 존귀함이라는 문제의식인데 이는 "어두운 무덤 계곡"의 존재로 인하여 비등한다. 또한 이러한 생명은 "크고 작은 흔들림이 쌓이고 쌓여서 태어나는 바다"와 같이 부분이 전체가 되는 현상으로 나타난다. 이처럼 「부레」, 「심해어의 눈」, 「지느러미」는 생명과 목숨의 정체성(整體性)에 관한 시적 인식의 확장을 보여주고 있는데, 이를 어느 정도 시인의 시적 전회를 예고하는 대목으로 받아들여도 되겠다.

　김형술의 시적 전회는 여러 계기가 작용한 결과라 할 수 있다. 급환이 직접적이라면 나이듦이라는 시간 현상도 적지 않은 영향을 끼쳤으리라고 짐작한다. 「아무도 모르는 바다」, 「바퀴 달린 침대」, 「시계, 거울, 문」은 경험적 자아의 목소리가 가깝게 들리는 시편들이다. 먼저 「아무도 모르는 바다」는 예고 없이 몸이 균형을 잃고 쓰러져 "앰뷸런스"에 실려 "병원"에 이르는 과정을 진술한다. "벨트에 묶여" "오로지 발만" 시린 감각으로 시 속의 화자는 바다를 향하는 환상을 갖는다. "수평선 쪽으로 걸음을 옮길 때마다 몸은 가벼워지고 지상에 들끓던 비명소리 잠잠해지고 마침내 발끝에 아무것도 닿지 않을 즈음 몸을 감싸는 완전한 평화, 완전한 침묵"에 이른다. 이와 같은 몸의 상황에서 시적 화자는 다음과 같은 환각을 경험한다.

> 눈을 감아도 바다 속은 눈부시다. 물속으로 내려 꽂히는 무수한 빛기둥들, 내 몸을 관통한 채 화살처럼 심해로 달려가는 수천수만 빛의 화살들. 해조류처럼 이리저리 나부끼는 머리카락 사이로 가만히 눈꺼풀을 들어 올리는 어떤 시간, 정지된 시간 속으로 무덤덤 눈을 마주쳐오는 무덤 같은 찰나들.// 병원은 멀다. 응급실은 비명을 지르며 멀리멀리 달아난다. 그 봄날 내가 걸어 들어간 바다, 나를 등 떠밀어 내보낸 바다, 출렁출렁 구급차 속을 차오른다. 몸을 들어 올린다. 아무도 모르는 바다, 누구에게도 말하지 않은 바다, 끊임없이 내게로 달려오고 또 달

려나간다.

이 대목에서 다시 바다의 이미지를 주목하게 된
다. 바다는 생명과 죽음이 공존하는 '기적의 우유'이
자 '지속의 물줄기'이다. 시적 화자는 "그 봄날 내가
걸어 들어간 바다, 나를 등 떠밀어 내보낸 바다"를 말
한다. 그 "바다"를 지나온 입사(initiation) 이야기가
간절하다. "정지된 시간" "무덤 같은 찰나"의 경험이
다. 시인만의 유일무이한 "아무도 모르는 바다, 누구
에게도 말하지 않는 바다" 이야기이다. 「아무도 모르
는 바다」가 구급차 속의 사건에 관한 시적 발화라면
「시계, 거울, 문」은 "중환자실"의 상황을 진술한다.
"거울도 창문도 없이 출입구 하나만 있는 방, 바퀴
달린 침대를 끄는 다급한 발자국 소리, 희미한 비명
과 신음소리에 자동으로 열리고 닫히는 커다란 방"
인 "중환자실"에서 "목숨줄을 주렁주렁 달고 줄지
어 누워있는" "침대는 섬"으로 지각된다.

섬들 때때로 급격히 요동친다. 묶인 몸을 뒤채며
퍼덕거리는 한바탕 격랑이 휩쓸고 지나가면 방안을
가득 채우는 침묵들, 언제 깨어질지 모르는 불안한

고요가 감각 없는 몸을 들어 올린다. 거리낌 없이 공중으로 떠오르는 몸, 낯선 몸의 내가 나를 내려다본다. 철제 침대, 링거병, 수술 부위를 휘감은 붕대, 붕대에 번진 엷은 핏자국, 시계도 없는 공간 속에 살아 있는 시간. 너무도 명확한 시간.// 누군가 소리죽여 흐느낀다. 용서를 빌고 이미 늦어버린 사랑을 고백한다. 대답을 구하지 않는 낮은 기도소리, 병실 바닥에 낮게 깔린다. 숨죽인 오열들 앞에서 무덤덤, 무덤덤하게 죽음은 찾아와 침대 바퀴를 굴려 문을 열고 문밖 세상으로 나간다. 거울도 없는 방에 누운 나를 찾아오는 내 얼굴, 너무도 뚜렷한 얼굴.// 피 냄새, 알코올 냄새, 방울방울 떨어지는 비닐봉지 속 타인의 핏방울. 아무리 헤아려도 잠은 오지 않고, 어둠은 도착할 기미도 없고 하루 온종일 꺼지지 않는 창백한 불빛 속에서 헤아리다 만 하루 이틀 사흘, 꺼무룩한 의식 속으로 걸어오고 걸어오다 흩어지는 어머니 황망한 그림자 (「시계, 거울, 문」 부분)

단독자의 절대적 고독에 직면한 상황이다. 삶과 죽음의 경계에서 자기의 진정한 얼굴과 대면한다. "낯선 몸의 내가 나를 내려다" 보는 형국이다. "시계도 없는 공간 속에 살아있는 시간"의 사건이며 "무덤덤하게 죽음은 찾아와 침대 바퀴를 굴려 문을 열고 문밖 세상으로" 나가기도 하는 도저한 상황이다. 이 속에서 "거울도 없는 방에 누운 나를 찾아오는 내 얼굴"은 "너무나 명확한 시간"처럼 "너무나 뚜렷한 얼굴"이다. 누구와도 나눌 수 없는 초유의 경험이다. 그만큼 존재 전환을 충격한다. 중환자실에서의 "하루 이틀 사흘" 동안 시적 화자가 만난 타자는 "꺼무룩한 의식 속으로 걸어오고 걸어오다 흩어지는 어머니 황망한 그림자"뿐이다. "어머니"는 자기 생명의 원천이다. 어머니와의 해후는 곧 목숨의 잔존과 구원을 의미한다.「바퀴 달린 침대」는 병실 침대에서의 내면을 묘사하고 서술한다.

어두운 숲 한가운데 침대 하나 놓여있네. 끝도 없이 치솟아 하늘을 가린 침엽수 뾰족뾰족한 가지들 껴안은 어둠, 너머 허공으로 천천히 떠오르네. 하얗게 빛을 내뿜는 침대// 하나 둘 셋 넷 들판 가득 놓여있네. 흐트러짐 없는 각진 대열을 이루었네. 사람들은 모두 어디로 갔나. 침대 아래 실내화를 벗어둔 맨발들 어디로 사라졌나. 발 시린 바람들이 흰 침대

보를 펼쳐 흔드네. 커다란 흰 깃발들이 들판을 가득 채우네. 깃발 너머 흰 발바닥들 허공을 건너가는데// 누가 자꾸 침대를 병실 밖으로 밀어내. 덜컹거리는 바퀴를 가진 침대들 세상 밖으로, 바깥으로 굴러가네. 아무도 붙들지 못하네. 우르르 우르르 천둥소리를 내며 달려가는 바퀴들, 깨어나지 못하는 바퀴 위의 잠들.// 나를 붙들고 놓아주지 않네. 몸부림칠수록 완강하게 나를 결박하네. 아무도 도와주지 않는 밤, 한낮, 저녁 아니 아침, 누가 자꾸 침대를 미네, 밀어서 헝클어진 시간 속으로 빠뜨리네. 소용돌이치는 세상 밖, 세상 너머// 침대들 줄지어 미끄러져 오네. 저 행렬의 끝 보이지 않네. (「바퀴 달린 침대」 전문)

병실의 풍경이지만 일상은 아니다. 마취에서 덜 깨어났거나 의식이 명료하지 않은 상태에서 현실과 다른 환각을 그려놓았다. 1연은 "어두운 숲 가운데 침대 하나 놓여있네"라는 돌연한 데페이즈망을 전경화한다. 환자를 가두어 두는 공간이 "어두운 숲"으로 변하고 "끝도 없이 치솟아 하늘을 가린 침엽수 뾰족뾰족한 가지들 껴안은 어둠" 그 "너머 허공"으로 침대는 "하얗게 빛을" 내뿜으며 떠오른다. 환상은 2연으로 나아가면서 더 역동적인 장면으로 표출한다. "흰 침대보"가 "들판을 가득" 채워 펄럭이고 그것이 만든 "깃발 너머" 사람들은 보이지 않고 "흰 발바닥들 허공을" 건너간다. 3연에서 화자의 환상은 현실로 귀환한다. "덜컹거리는 바퀴를 가진 침대" 위에서 이리저리 이끌리다 "깨어나지 못하는 바퀴 위의 잠"에 취한다. 4연이 말하듯이 그 위에 결박된 채 "아무도 도와주지 않는 밤, 한낮, 저녁 아니 아침"을 "헝클어진 시간"을 벗어나지 못한다. "세상 밖, 세상 너머"에 대한 환상을 거듭 반복한다. 이처럼 이 시편은 현실보다 환상의 지향이 강렬하며 실제와 환상의 간극만큼 시적 화자의 고통을 떠올리게 한다.

　김형술은 예기치 않은 급환으로 죽음에 맞선 자기의 목숨과 만나는 그만의 희귀한 경험을 시편으로 표현하고 있다. 다급하게 구급차에 실려 가고 삶과 죽음이 엇갈리는 중환자실을 거쳐서 여러 날 병실에서 치유와 회복을 기다렸다. 이러한 사건의 과정에서 그는 거울이 없는 진정한 자기와 대면한다. 그동안 그의 시편은 거울 이미지와 더불어 자의식과 자기 반영성을 많이 내포했다. "허공에 걸려있는 두 개의 손/

손끝마다 거울 조각을 매단 채/ 반짝이는 언어들"(「악기」)에 관한 시적 경사(傾斜)가 있었다. '영원히 낯선 너'의 세계에서 찢기고 쫓기는 삶(「쥐 떼」, 「붉은 벤치」 등)은 회피할 수 없는 현실이다. 하지만 이러한 지향은 나이듦과 죽음의 의미에 관한 인식이 깊어지면서 여러 변화의 징후를 드러낸다. "나는 더 자주 나에게서 멀어져 가"(「무거워」)라고 탄식하고 "나이 들면 땅 냄새 고소한 법"(「얕은 무덤」)을 자각하듯이 본디의 감각이나 생의 원천에 대한 지각, 고향과 유년의 회억 등이 빈번해진다. "어제 잠시 길을 잃고 헤매다/ 지금 돌아온다는 듯 무심한/ 세상에서 가장 아름다운,/ 순한 눈/ 쩔렁쩔렁 선명한 워낭소리로"(「워낭소리」) 돌아오고 "숲을 벗어나 홀로 세상을 떠도는/ 날카로운 나무 한 그루/ 내 머리 속에/가슴 속에 울울창창 자라/ 뿌리를 내린다// 깊어간다."(「나무병원」) 여전히 시인의 마음속에는 "갓 태어난 거울 같은 섬 하나"(「가덕도 가는 길」)가 있고 "마을을 떠돌던 모든 노래가 숨어들던 지붕, 세상으로 떠나는 모든 길들이 시작되던 대문. 찰랑찰랑 물소리로 별을 더듬던 눈먼 누이의 집"(「시냇가의 집」)이 존재한다. 또한 "가지마다 잘 닦은 거울을 매단 채/ 지상과 허공 사이 목숨들

을 비추는/ 겨울나무 한 그루"(「그 나무는 늘 강가에
서 있다」)가 마음속에 견고하게 우뚝 서 있다. 그러니
"더러 벽 밖으로 몸을 내밀어/ 허공을 걷는 맨발들 헤
아려가며// 끊임없이 흔들리기를/ 멈추지 않아/ 점점
더 홀로 깊어져// 한 채의 바다를 제 안에 가두어/ 무
너지지 않는 집// 언제라도 몸을 허물어/ 바다로 되
돌아가는 집"(「바다로 지은 집」)이 있다. 이와 같은
바다와 섬과 길과 나무와 집의 이미지는 시적 원천이
며 경험의 원형이다. 어긋나기만 하는 세속에서 분열
하는 자의식은 그 기원에 자리한 순백의 의식에서 비
롯한다. 현실에서 "말없이 어머니 곁에 앉으면 스스
로 어둠이 되는 어머니, 흔적도 없는 사라지는 어머
니"(「지붕들」)의 존재처럼 순수한 시간과 장소는 땅
위로 떨어지자 금새 사라지는 진눈깨비와 같다. 시인
은 이러한 순간의 찰나를 포획하려는 무위를 반복한
다. 그는 "결코 네가 되지 못하는/ 나 외엔 아무 것도
되지 못하는 나"(「화장」)라는 단독자의 운명을 타
고났다. "만질 수도 닿을 수도 없는/ 환영의 나날/신
기루의 생애"(「바퀴들」)를 감당하고 "옹이 속 깊숙
이 숨기고 숨겼던/ 시린 뼈의 말, 뜨거운/ 살의 언
어"(「춤추는 벼랑」)를 거치면서 "네 눈 속 무한천

공/ 네 깃털을 세우는 바람의 힘으로/ 두려움 없이/ 어둠을 껴안을 수"(「조장」)밖에 없다. 결코 "나는 없고 노래만"(「아무도 모르게」) 남는 무의 소용돌이를 벗어나기 어렵다. 그래서 그는 "무리를 꿈꾸지 않고 무리를 벗어나/ 의자와 지붕을 지나쳐 그저 툰드라를 걷는/ 누구도 기억하지 않는 시간 속의 말/ 말들의 시간"(「황야의 묘비」)을 산다.

「푸른 양 한 마리」의 결구는 "두려움으로 솟아오른 침대에 웅크린 둥근 잠들 들이받으며 침대 위 겹겹 어둠, 침대 아래 천길 허공"과 "이토록 초라한 지상의 목숨들 깨우는 푸른 양 한 마리 또 한 마리"라는 두 이미지의 대비를 전경화한다. 설산 기행에서 얻은 이미지로 「황야의 묘비」의 "누구도 기억하지 않는 시간 속의 말"과 겹쳐 읽힌다. 김형술의 시적 전회는 이와 같은 대목에서도 나타난다. 뜻하지 않은 목숨의 인식이 그만의 독특한 사이키델릭 시편을 얻게 하였듯이 구체적 삶 속에서 생의 감각과 의지를 더욱 자각하게 한다. 이제 그는 "헛된 변명과 반성으로 늙어가다/ 마침내 잊어버리고 말 목숨들의/ 악취 나는 한숨 따위는"(「꽃그늘에서 중얼거리다」) 버려야 한다고 생각한다. 그리하여 시인은 "접은 허리, 꿇은 무릎에서야 비로소/ 아름다운 말들이 가슴을 열고/ 걸어 나와// 더 낮고 깊은 오체투지가/ 키 작은 꽃의 눈을 들여다본다"(「무릎을 꿇다」). 이와 같은 시적 과정은 "말을 거는 어둠은 겹겹 그물/ 촘촘 작은 코를 가진 거대한/ 그물 속, 그물 너머/ 숨어있는 목숨들, 향기들을 이제야"(「어둠이 딸깍」) 만났다는 환희로 이어진다. "세상 모든 꽃그늘 속에"(「숨어 있다」) 아름다운 목숨이 숨어있다는 깊은 슬픔의 인식이다.